사랑해요 sa rang hae yo
# 莎郎嘿喲！韓語

也田書店／著
李清一／監修
山本峰規子／插畫
張亞薇・袁君琁／翻譯

I Love Korean!
附中韓對照朗讀CD

笛藤出版
DEE TEN PUBLISHING CO., LTD

## 韓迷們，一起來學韓語
## 進入韓劇、泡菜&烤肉的世界吧！

現今韓流襲捲，

韓劇、韓星…等，曝光率暴增，

然而我們卻對當地語言——韓語所知甚少。

從現在開始，

不要再把韓語說成"○○××"&"胡言亂語"了！

只要把握正確的學習方向，

就會發現原來學韓語是多麼有趣的事。

第一步就從簡單的日常會話開始挑戰吧！

一邊聆聽兔子和虎妹之間有趣的對話，

一邊開始接觸韓語吧！

初次來到韓國旅遊的兔子，寄宿在筆友虎妹的家中，

兩人因此成為好朋友。

藉由他們每天愉快的對話，來學習道地的韓國日常會話吧！

初訪韓國，
悠閒自在的兔子，

超級瘋狂迷戀
韓劇&嗆辣泡
菜…

住在首爾的
筆友虎妹，

好管閒事，
個性活潑，
最喜歡喝酒！

# **C**ontents

# 本書的使用方法

**本書包括敬語語尾（합니다 ＊、해요 ＊），以及半語語尾（해 ＊）。前者是針對長輩或不太熟的人，後者是針對朋友或比自己年幼的人。**

＊關於합니다、해요、해的用法，請參閱第22頁的「文法便利貼」。

漫畫中的對話可以對照羅馬拼音來學習，日常會話是選錄最簡單的表達句型，請反覆聽CD來練習韓語發音。

這是CD track的編號，可以依照此編號來挑選想聽的部分。

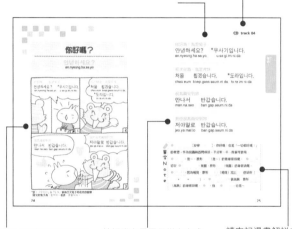

藉由漫畫中的對話模擬實際情況，自然記住韓語用法。

韓語發音用羅馬拼音寫成，可當作參考用，一邊聽CD練習正確的發音。

請牢記漫畫解說中出現的單字、用法和翻譯，還有單字後面附註的漢字也請一併記住。

<例>●장남【長男】：長男

● 本書所列舉出的範例是屬於會話文。
● 序文中「韓語基礎」會和日語發音作比較。
● 附有「文法便利貼」專欄，可作為文法的補充解說，供讀者參考。
● CD收錄書中漫畫對話例句、「相關會話短句」，以及「哈韓短句／單字即時通」，可反覆聆聽練習正確發音。

10

## ●「相關會話短句」和「韓國大不同」

「相關會話短句」（是補充和漫畫主題相關的對話例句），目的在於（增加會話練習的機會）。「韓國大不同」是講述韓語的表達方法，並介紹韓國文化的專欄。

## ●「哈韓短句／單字即時通」

精選韓國日常生活中常用的短句、單字，除附上羅馬拼音以便發音，另外還在原本由漢字而來的韓語單字上加上漢字，而外來語則加上原外來語，幫助記憶。方便讀者現學現用，並附有簡單易懂的插圖，隨著單字增加，會話的內容也會更加豐富。

# 韓語的基礎

韓語和日語非常相似，

同樣都包括許多漢字用語、外來語和敬語。

韓語基本上很簡單，

只要先了解韓語的字母，很容易就能掌握住重點，

現在就一起來學習韓語吧！

# 韓語的文字構造

韓語是在15世紀中葉創造出來的。韓語（原文한글<sub></sub>的意思是「偉大
的文字」）是表達發音的表音文字，可用羅馬拼音標示出發音，文
字構造分為①子音＋母音、②子音＋母音＋子音兩種形式。

### ①子音＋母音的文字

　　例如，사這個字的發音是用羅馬拼音「sa」
來表示，把子音字母ㅅ（s的發音）和母音字
母ㅏ（a的發音）並列在一起，就組成사這個
字了。

　　由發音的順序來看，是先發子音s（初
聲），再發母音a（中間聲）。

**sa**

初聲
S→　　　←a
　　　　中間聲

註：初聲：第一個發音，
　　中間聲：第二個發音。

### ②子音＋母音＋子音的文字

和①的不同之處在於多了一個子音，這個子音
的發音順序是最後一個，所以叫做終聲（바침
*）。終聲有「支撐」的意思，因為由文字來
看，是在①型的文字下面加上一個終聲，所以
就像一種支撐的作用。

**jip**

初聲
t→　　　←i
　　　　中間聲

↑
終聲 P

*終聲後面如果連接一個母音開頭的文字，終聲就必須當做這個母音
　的初聲來發音，這樣的發音叫做「連音」。
＜例＞집（家）+은（是）→지븐（家就是）
　　　jip　　　eun　　　　ji.beun
不是發"집은"的音，而是發成"지븐"，b的音要當作eun的初
　　　jip.eun　　　　　　ji.beun
聲，連在一起發音。

# 發音基礎

韓語是由10個基本母音、11個合成母音、14個基本子音和5個雙子音
所組合而成。

## 1.10個基本母音

ㅏ [a] ： 羅馬拼音寫成「a」

ㅑ [ja] ： 羅馬拼音寫成「ya」

ㅓ [ɔ] ： 把嘴唇張大、喉嚨打開發[ɔ]的音，羅馬拼音寫成「eo」

ㅕ [jɔ] ： 把嘴唇張大、喉嚨打開發[jɔ]的音，羅馬拼音寫成
「yeo」

ㅗ [o] ： 把嘴唇嘟起呈圓型發[o]的音，羅馬拼音寫成「o」

ㅛ [jo] ： 把嘴唇嘟起呈圓型[jo]的音，羅馬拼音寫成「yo」

ㅜ [u] ： 把嘴唇集中突出呈圓形發[u]的音，羅馬拼音寫成「u」

ㅠ [ju] ： 把嘴唇集中突出呈圓形發[ju]的音，羅馬拼音寫成「yu」

ㅡ [eu] ： （把發[ɔ]的嘴型橫拉，上下齒間距離拉近，呈扁平狀發
音。羅馬拼音寫成「eu」

ㅣ [i] ： 把嘴唇橫拉發[i]的音，羅馬拼音寫成「i」

## 2.11個合成母音

● 由長母音組成

ㅐ [ɛ] ：嘴唇橫拉發[ɛ]的音，羅馬拼音寫成「ae」

ㅒ [jɛ] ：嘴唇橫拉發[jɛ]的音，羅馬拼音寫成「yae」

ㅔ [e] ：羅馬拼音寫成「e」

ㅖ [je] ：羅馬拼音寫成「ye」

● 和ㅗ、ㅜ結合的母音

ㅗ＋ㅏ[a]→ㅘ [wa]：羅馬拼音寫成「wa」

ㅗ＋ㅐ[ɛ]→ㅙ [wɛ] ：羅馬拼音寫成「wae」

ㅗ＋ㅣ[i]→ㅚ [we]：羅馬拼音寫成「oe」
（＊ㅚ的發音是特例）

**15**

ㅜ＋ㅓ [ɔ] → ㅝ [wɔ]：羅馬拼音寫成「wo」

ㅜ＋ㅔ [e] → ㅞ [we]：羅馬拼音寫成「we」

ㅜ＋ㅣ [i] → ㅟ [wi]：羅馬拼音寫成「wi」

●ㅡ的發音和右側的母音結合之後發音

ㅡ [eu] ＋ ㅣ [i] → ㅢ [ui]：羅馬拼音寫成「ui」

## ❸14個基本子音

ㄱ [k・g]　：若位於句首發[k]的音，位於句中則發帶有濁音的
　　　　　　 [g]，羅馬拼音寫成「k」或「g」。

　　　　　　 ＜例＞그거（那個）
　　　　　　　　　geu.geo

ㄴ [n]　　　：羅馬拼音寫成「n」

ㄷ [t・d]　：若位於句首發[t]的音，位於句中
　　　　　　 則發帶有濁音的[d]，羅馬拼音寫
　　　　　　 成「t」或「d」。

ㄹ [r・l]　：若位於句首發[r]的音，位於句中
　　　　　　 發[l]的音，若為終聲則參考第14
　　　　　　 頁[l]的說明，羅馬拼音寫成「r」
　　　　　　 或「l」。

ㅁ [m]　　 ：羅馬拼音寫成「m」

ㅂ [p・b]　：若位於句首[p]的音，位於句中則發帶有濁音的[b]，
　　　　　　 羅馬拼音寫成「p」或「b」。

ㅅ [s・ʃ]　：若和帶有[j]發音的母音結合，則發[ʃ]的音，羅馬拼
　　　　　　 音寫成「s」。

　　　　　　 ＜例＞도시（都市）
　　　　　　　　　do-si

ㅇ [-・ŋ]　：作為初聲的話不發音，終聲則發[ŋ]的音，終聲的羅
　　　　　　 馬拼音寫成「ng」

ㅈ [tʃ・dʒ]：若位於句首發[tʃ]的音，位於句中則發帶有濁音的
　　　　　　 [dʒ]，羅馬拼音寫成「j」。

以下的發音稱為「氣音」，其中ㅊㅋㅌㅍ是從ㅈㄱㄷㅂ變化而來，
另外再加上ㅎ（h）的音。

ㅊ [tʃʰ]：把ㅈ [tʃ] 加上氣音，用力吐氣來發音，羅馬拼音為
　　　　　「ch」

ㅋ [kʰ]　：把ㄱ [k] 加上氣音，用力吐氣來發音，羅馬拼音為「k」

ㅌ [tʰ]　：把ㄷ [t] 加上氣音，用力吐氣來發音，羅馬拼音為「t」

ㅍ [pʰ]　：把ㅂ [p] 加上氣音，用力吐氣來發音，羅馬拼音為「p」

ㅎ [h]　：用力吐氣發出 [h] 的音。

## 5個二重子音（加重音）

加重ㄱㄷㅂㅅㅈ的發音，注意不要產生氣音，要發出清楚有力的重
音。

ㄲ [g]　：羅馬拼音寫成「kk」

ㄸ [d]　：羅馬拼音寫成「tt」

ㅃ [b]　：羅馬拼音寫成「pp」

ㅆ [s]　：羅馬拼音寫成「ss」

ㅉ [z]　：羅馬拼音寫成「jj」

## 終聲（받침）

　韓語中有27個文字可作為終聲，分為三類（破裂音・流音・鼻
音），共有七種發音。

破裂音：ㄱ [k]　ㄷ [t]　ㅂ [p]
　　　　　短促地發音。

流音：ㄹ [l]
　　　　　用舌尖持續頂住上顎來發音。

鼻音：ㅇ [ŋ]　ㄴ [n]　ㅁ [m]
　　　　　將氣透過鼻子發音，產生鼻音。

★ㅅ ㅈ ㅌ ㅆ ㅉ作為終聲時，屬於破裂音類，發音時舌頭停在上下齒之間
閉合，發[t]的音。

| 子音 / 基本母音 | ㄱ [k·g] | ㄴ [n] | ㄷ [t·d] | ㄹ [r·l] | ㅁ [m] | ㅂ [p·b] | ㅅ [s·ʃ] | ㅇ [-·ŋ] | ㅈ [tʃ·dʒ] | ㅊ [tʃʰ] |
|---|---|---|---|---|---|---|---|---|---|---|
| ㅏ [a] | 가 ga | 나 na | 다 da | 라 ra | 마 ma | 바 ba | 사 sa | 아 a | 자 ja | 차 cha |
| ㅑ [ja] | 갸 gya | 냐 nya | 댜 dya | 랴 rya | 먀 mya | 뱌 bya | 샤 sya | 야 ya | 쟈 jya | 챠 chya |
| ㅓ [ɔ] | 거 geo | 너 neo | 더 deo | 러 reo | 머 meo | 버 beo | 서 seo | 어 eo | 저 jeo | 처 cheo |
| ㅕ [jɔ] | 겨 gyeo | 녀 nyeo | 뎌 dyeo | 려 ryeo | 며 myeo | 벼 byeo | 셔 syeo | 여 yeo | 져 jyeo | 쳐 chyeo |
| ㅗ [o] | 고 go | 노 no | 도 do | 로 ro | 모 mo | 보 bo | 소 so | 오 o | 조 jo | 초 cho |
| ㅛ [jo] | 교 gyo | 뇨 nyo | 됴 dyo | 료 ryo | 묘 myo | 뵤 byo | 쇼 syo | 요 yo | 죠 jyo | 쵸 chyo |
| ㅜ [u] | 구 gu | 누 nu | 두 du | 루 ru | 무 mu | 부 bu | 수 su | 우 u | 주 ju | 추 chu |
| ㅠ [ju] | 규 gyu | 뉴 nyu | 듀 dyu | 류 ryu | 뮤 myu | 뷰 byu | 슈 syu | 유 yu | 쥬 jyu | 츄 chyu |
| ㅡ [eu] | 그 geu | 느 neu | 드 deu | 르 reu | 므 meu | 브 beu | 스 seu | 으 eu | 즈 jeu | 츠 cheu |
| ㅣ [i] | 기 gi | 니 ni | 디 di | 리 ri | 미 mi | 비 bi | 시 si | 이 i | 지 ji | 치 chi |

## ●關於羅馬拼音

本書以羅馬拼音標示韓語發音，是一種接近實際發音的特殊標示，但是羅馬拼音有其界限，所以僅供輔助參考，必須藉助聆聽CD，練習正確發音。

★ ㄱ ㅂ ㄹ ㅁ 作為終聲的發音標示如下

    ㄱ [k] ：      ＜例＞ 독신　dok-sin（單身）

                * ㄱ 作為終聲，發[k]的音

                    ＜例＞ 축구　chuk-gu（足球）

                * ㄱ 作為初聲，則發[g]的音

序文

| ㅋ<br>[kʰ] | ㅌ<br>[tʰ] | ㅍ<br>[pʰ] | ㅎ<br>[h] | ㄲ<br>[g] | ㄸ<br>[d] | ㅃ<br>[b] | ㅆ<br>[s] | ㅉ<br>[z] | 子音<br>構成母音 | ○<br>[－] |
|---|---|---|---|---|---|---|---|---|---|---|
| 카<br>ka | 타<br>ta | 파<br>pa | 하<br>ha | 까<br>kka | 따<br>tta | 빠<br>ppa | 싸<br>ssa | 짜<br>jja | ㅐ<br>[ɛ] | 애<br>ae |
| 캬<br>kya | 탸<br>tya | 퍄<br>pya | 햐<br>hya | 꺄<br>kkya | 땨<br>ttya | 뺘<br>ppya | 쌰<br>ssya | 쨔<br>jjya | ㅒ<br>[jɛ] | 얘<br>yae |
| 커<br>keo | 터<br>teo | 퍼<br>peo | 허<br>heo | 꺼<br>kkeo | 떠<br>tteo | 뻐<br>ppeo | 써<br>sseo | 쩌<br>jjeo | ㅔ<br>[e] | 에<br>e |
| 켜<br>kyeo | 텨<br>tyeo | 펴<br>pyeo | 혀<br>hyeo | 껴<br>kkyeo | 뗘<br>ttyeo | 뼈<br>ppyeo | 셔<br>ssyeo | 쪄<br>jjyeo | ㅖ<br>[je] | 예<br>ye |
| 코<br>ko | 토<br>to | 포<br>po | 호<br>ho | 꼬<br>kko | 또<br>tto | 뽀<br>ppo | 쏘<br>sso | 쪼<br>jjo | ㅘ<br>[wa] | 와<br>wa |
| 쿄<br>kyo | 툐<br>tyo | 표<br>pyo | 효<br>hyo | 꾜<br>kkyo | 뚀<br>ttyo | 뾰<br>ppyo | 쑈<br>ssyo | 쬬<br>jjyo | ㅙ<br>[wɛ] | 왜<br>wae |
| 쿠<br>ku | 투<br>tu | 푸<br>pu | 후<br>hu | 꾸<br>kku | 뚜<br>ttu | 뿌<br>ppu | 쑤<br>ssu | 쭈<br>jju | ㅚ<br>[we] | 외<br>oe |
| 큐<br>kyu | 튜<br>tyu | 퓨<br>pyu | 휴<br>hyu | 뀨<br>kkyu | 뜌<br>ttyu | 쀼<br>ppyu | 쓔<br>ssyu | 쮸<br>jjyu | ㅝ<br>[wɔ] | 워<br>wo |
| 크<br>keu | 트<br>teu | 프<br>peu | 흐<br>heu | 끄<br>kkeu | 뜨<br>tteu | 쁘<br>ppeu | 쓰<br>sseu | 쯔<br>jjeu | ㅞ<br>[we] | 웨<br>we |
| 키<br>ki | 티<br>ti | 피<br>pi | 히<br>hi | 끼<br>kki | 띠<br>tti | 삐<br>ppi | 씨<br>ssi | 찌<br>jji | ㅟ<br>[wi] | 위<br>wi |
|  |  |  |  |  |  |  |  |  | ㅢ<br>[ui] | 의<br>ui |

ㅍ [p] ： 　　　<例> 옆　yeop（旁邊）
ㄹ [l] ： 　　　<例> 출신　chul-sin（出身）
ㅁ [m] ： 　　　<例> 요금표　yo-geum-pyo（收據）

★以下的子音若位於句中，或非單字的第一個字母，則要發濁音。

　　　ㄱ [k] → [g]，　ㄷ [t] → [d]，　ㅍ [p] → [b]，　ㅈ [tʃ] → [dʒ]
　　　　　<例> 오다　o-da（來）
　　　　　<例> 사과　sa-gwa（蘋果）

**19**

# 韓語和日語相似？還是不相似？

● 語順相同

只有發音不同，語順幾乎都相同。

＜例＞나는　　밥을　　먹습니다. 我在吃飯。
　　　na.neun　ba.beul　meok.seum.ni.da

　　　私は　ご飯を食べます。
　　　我　　飯　　吃

● 皆有助詞

在「主詞、副詞、受詞」的後面加上助詞

＜例＞나는　　　젓가락으로　　　밥을　　먹습니다. 我用筷子吃飯。
　　　na.neun　jeos.ga.la.keu.lo　ba.beul　meok.seum.ni.da

　　　私は　　はしで　　　　ご飯を 食べます。
　　　我　　用筷子　　　　　飯　　吃

● 使用敬語

敬語包括尊敬語和謙讓語，對於上司、老師或年紀較大的長輩，通常都會使用敬語。

＜例＞선생님께　　　여쭙다　向老師請教。　잡수시다. 用餐。
　　　seon.saeng.nim.kke　yeo.jjup.da　　　　　　　jap.su.si.da

　　　先生に伺う。　　　　　　　　　　　　召しあがる。

● 漢字常用語

漢字常用語大約有九成都是日韓共通，不但意思相同，發音也幾乎相同。

＜例＞도시　　　　　　지리
　　　do.si　　　　　ji.ri
　　　都市　　　　　　地理

● 相同的俚語

韓語有很多和日語意思相同的俚語

＜例＞새빨간　　　거짓말　　全都是謊言。
　　　sae.ppal.gan　keo.jit.mal

　　　真っ赤な嘘

②不同之處！

## ●絕對敬語

日語中對需要尊敬的對象使用敬語，但是對親戚、外人，則不需要全部使用敬語，所以日語的敬語用法是所謂的「相對敬語」。

但是韓語則不同，對需要尊敬的對象，以及自己的親戚，全部都要使用敬語。例如，向別人提起自己的母親時，就要使用敬語來稱呼，所以韓語的敬語用法是屬於「絕對敬語」。

<例>어머님은　　　외출하셨습니다.　母親大人出門了。
　　　eo.meo.ni.meun　　oe.chu.ra.syeoss.seum.ni.da

　　　お母さまは　外出なさいました。

## ●省略助詞「的」

和日語相比，韓語使用「的」這個字的頻率明顯減少。

<例>책상　　　　앞
　　　chaek.sang　　ap

　　　机の前

書桌前面→省略「書桌的前面」當中「的」這個字

## ●語順相反，或是重複使用單字

・語順相反的例句

<例>もう少し → 少しもう　좀 더
　　　　　　　　　　　　　jom deo
　　　（再多一些 → 一些再多）

　　　あっちこっち → こっちあっち
　　　（那裡這裡 → 這裡那裡）

여기저기
yeo.gi.jeo.gi

・重複使用單字的例句

把「睡午覺」當作名詞，後面重複加上「睡」表示動詞

<例>昼寝をする → 昼寝を寝る　낮잠을　　자다
　　　（睡午覺 → 睡午覺　睡）　nat.ja.meul　ja.da

# 합니다 · 해요 · 해

「합니다」和「해요」是敬語語尾，和日語的敬語很類似，只是語氣上稍微不同。

如果把「해요」的「요」省略的話，就變成「해」，即為半語語尾。所謂的半語就是非敬語，可以對朋友或晚輩使用。

● 합니다----最尊敬的用法
ham.ni.da
動詞語尾加上「～ㅂ니다（肯定句）」、「～ㅂ니까（疑問句）」

＜例＞ 좋아합니다. 我喜歡
Jo.a.ham.ni.da

● 해요----普通尊敬的用法，或者是表達溫柔的語氣
hae.yo
動詞語尾加上「요」

＜例＞좋아해요. 我喜歡
jo.a.hae.yo

＊如果是長輩作為主詞，就要在動詞後面加上「시」這個字表示尊敬。

＜例＞좋아하십니다. 您喜歡
jo.a.ha.sim.ni.da

● 해（半語）----非敬語的用法，表示不拘小節、直接的語氣
hae
動詞語尾加上「아[～a]、어 [～ɔ]、해 [～ɛ]」

＜例＞갈까？ 要不要走？ ＊語尾發[～a]的音
gal.kka

없어. 沒有 ＊語尾發[～ɔ]的音
eop.seo

좋아해. 喜歡 ＊語尾發[～ɛ]的音
jo.a.hae

如果對同輩使用합니다、해요的語尾，表示略帶敬意，有時也可以對較不熟識的晚輩使用。

# 第 1 章

# 你好！

兔子來到韓國和筆友虎妹見面，

兩人為了更進一步了解彼此，

從自我介紹開始對話，

兔子藉由日常生活中的各種細節，

漸漸地認識韓國文化，

並且和虎妹成為好朋友！

# 你好嗎？

안녕하세요？
an.nyeong.ha.se.yo

*註：「우사기」&「도라」皆為日文兔子和老虎的音譯。
　韓文的兔子為：토끼，老虎：호랑이。
　　　　　　　　to.kki　　　ho.rang.i

你好嗎？我是兔子。

## 안녕하세요?　*우사기입니다.
an.nyeong.ha.se.yo,　u.sa.gi.im.ni.da

初次見面，我是虎妹。

## 처음　뵙겠습니다.　*도라입니다.
cheo.eum　boep.gess.seum.ni.da, to.ra.im.ni.da

很高興見到妳。

## 만나서　반갑습니다.
man.na.seo　ban.gap.seum.ni.da

我也很高興見到妳。

## 저야말로　반갑습니다.
jeo.ya.mal.lo　ban.gap.seum.ni.da

---

**單字Note**

● 안녕하세요?[安寧]：你好嗎？也是「一切都好嗎？」的意思，作為見面時的問候語，不分早、午、晚皆可使用。

● 입니다：是～。原形 이다（是～）的最尊敬語尾。　● 처음：初次　● 뵙겠습니다：見面。原形 뵙다（見面）的尊敬語尾。

● 만나서：因為相見。原形 만나다（相見）加上 아서 的語幹（만나다＋아서＝만나서）。　● 반갑습니다：很高興。原形 반갑다（高興）的尊敬語尾。　● 저：我。　● 야말로：也是～

25

哈囉！（關係較親密時使用）　您好嗎？（最尊敬語尾）

**안녕！**
an.nyeong

**안녕하십니까？**
an.nyeong.ha.sim.ni.ga

很好。／不好。

**예 / 아뇨**
ye / a.nyo

謝謝。　　　　不用客氣。

**감사합니다.　천만에요.**
kam.sa.ham.ni.da　cheon.man.e.yo

很抱歉。

**죄송합니다.**
joe.song.ham.ni.da

---

**單字Note**

●안녕[安寧]：哈囉！年輕人的常用語，或是關係親密時使用的
an.nyeong
問候語。　●안녕하십니까？[安寧하십니까]：您好嗎？
an.nyeong.ha.sim.ni.kka

●예：好、是的。和네是相同的意思。　●아뇨：不好、不是
ye　　　　　　　　　　　　ne　　　　　　　　　　a.nyo

●감사합니다[感謝합니다]：謝謝。意思和고맙습니다相同，
kam.sa.ham.ni.da　　　　　　　　　　　　　　ko.map.seum.ni.da

若是關係親密的人之間可用半語고마워。　●천만에요[千萬
ko.ma.wo　　　　　　cheon.man.e.yo

에요]：不用客氣、沒什麼。半語說法是됐어, 됐어（行了、行
dwae.sseo,dwae.sseo

了）。　●죄송합니다[罪悚합니다]：很抱歉
joe.song.ham.ni.da

## TPO(time/place/occasion)
## 「再見」的使用法

你好！

　　韓語「你好」的漢字是「安寧」，有「平安、安適」的意思，在韓國是很普遍的問候語，不分早、中、晚都可以使用，是一種非常方便的表達方式。然而對初學者來說，可能會感到有些困惑，因為這和「再見」所用的單字很類似。韓語中的「再見」有兩種說法，對於留在現場的人要說「안녕히 계세요（an.nyeong.hi gye.se.yo）」，對於離開的人要說「안녕히 가세요（an.nyeong.hi ga.se.yo）」。

　　「～계세요（gye.se.yo）」字面的意思是「請平安地留在這裡」，「～가세요（ga.se.yo）」則是「請平安地離開」。如果雙方同時離開的話，就彼此互道「～가세요」；若在電話中道別，則互道「~계세요」，也就是必須按照TPO（time/place/occasion）來作變化。

27

# [微笑打招呼]

＊根據對象的不同，譬如對長輩、年紀較大的人，或是對不太熟的人，所使用的句子也就不同。

您好嗎？
[安寧하십니까]
안녕하십니까?
an.nyeong.ha.sim.ni.kka

您好嗎？
[安寧하세요]
안녕하세요?
an.nyeong.ha.se.yo

我走了！
다녀오겠어요.
ta.nyeo.o.ge.sseo.yo

慢走！
다녀오세요.
ta.nyeo.o.se.yo

我回來了！
다녀왔어요.
ta.nyeo.wa.sseo.yo

終於回來啦！
이제 왔어요?
i.je wa.sseo.yo

對不起，我遲到了。

[罪悚합니다]
늦어서 죄송합니다.
neu.jeo.seo　joe.song.ham.ni.da

不，沒關係。

아뇨, 괜찮습니다.
a.nyo,　gwaen.chanh.seum.ni.da

下次再見。

또 만납시다.
tto　man.nap.si.da

路上小心。

[操心해]
조심해 가세요.
jo.sim.hae　ga.se.yo

再見

[安寧히]
안녕히 가세요.
an.nyeong.hi　ga.se.yo

＊對離開的人說

再見

[安寧히]
안녕히 계세요.
an.nyeong.hi　gye.se.yo

＊對留下的人說

# 是你的哥哥嗎？

**1.**
那位是妳的哥哥嗎？
저 분이 오빠예요?
jeo  bn.ni  o.ppa.ye.yo

**2.**
是，是的。
네,  그래요.
ne,  geu.rae.yo

**3.**
那位是妳的父親嗎？
저 분이  아버님이세요?
jeo  bu.ni  a.beo.ni.mi.se.yo

**4.**
不，不是的。那是我的母親。
아뇨, 아니에요, 어머님이세요.
a.nyo,  a.ni.e.yo.  eo.meo.ni.mi.se.yo

那位是妳的哥哥嗎？

## 저 분이 오빠예요?

jeo  bu.ni   o.ppa.ye.yo

你好！

---

是，是的。

## 네,  그래요.

ne,   geu.rae.yo

---

那位是妳的父親嗎？

## 저 분이 아버님이세요?

jeo  bu.ni   a.beo.ni.mi.se.yo

---

不，不是的，那是我的母親。

## 아뇨,  아니에요,  어머님이세요.

a.nyo,   a.ni.e.yo.     eo.meo.ni.mi.se.yo

---

單字Note

● 저：那  ● 분：位。用「那位」來表示對虎妹家人的尊重。
● 이：助詞。接在主詞之後。 ● 오빠：哥哥（女生對哥哥使用的稱呼） ● 예요：是～。原形이다（是～）的尊敬語尾，作為疑問句時，尾音要上揚。 ● 네：是 ● 그래요：是的 ● 아버님：父親大人 ● 이세요：～是。比～에요更尊敬的語尾。
● 아니에요：不是 ● 어머님：母親大人。在韓語中無論是稱呼別人或自己的家人，只要是年長者都必須使用敬語。

我們家共有五個人。

저희 집은 다섯 식구입니다.
jeo.hui ji.beun da.seot sik.gu.im.ni.da

---

你有幾個兄弟？

형제가 몇 명이에요?
hyeong.je.ga myeot myeong.i.e.yo

---

他是獨生子。

그 사람은 외아들입니다.
keu sa.ra.meun oe.a.deu.rim.ni.da

---

我是長男。

저는 장남입니다.
jeo.neun jang.na.mim.ni.da

---

單字Note

●저희：我們。（我）的複數。原本意思是「我們的」，但是通常會省略「的」而只稱呼「我們」。 ●집：家 ●은：助詞。連接在主語之後，主語的最後一個字若是子音，則接助詞「은」；若是母音則接助詞「는」。 ●다섯：五個、五人 ●식구[食口]：家人、家族。和가족[家族]的意思相同。 ●입니다：是～

●형제[兄弟]：兄弟。姊妹則是자매[姊妹]。 ●몇：幾、多少 ●명：名 ●이에요？：是～呢？ ●그：那個 ●사람：人。그사람是「他」或「她」的意思。 ●외：唯一的 ●아들：兒子。女兒則是딸。 ●장남[長男]：長男。長女則是장녀[長女]。

## 韓國人全都是兄弟姊妹的關係？

韓國習俗非常重視血緣和年齡的長幼順序，韓語中表達家族關係的用詞遠比日語豐富許多，這也是韓語的特徵。韓語中對於爺爺、奶奶、父母和兄弟姊妹，會依長幼關係而改變稱呼的方式，但是日語對於遠房親戚和外人的稱呼都是一樣的。韓語中就連最親近的兄弟姊妹之間，稱呼用詞也比日語複雜，要依照男性和女性的不同而改變稱呼的方式。

在韓國，除了自己的家人之外，對於比自己年紀較大的友人，也可以用「哥哥」或「姊姊」來稱呼對方。甚至對於學校或公司裡和自己交情很好的人，也可以稱呼對方「哥哥」或「姊姊」。這可以說是韓國人為了拉近彼此間距離的一種語言習慣。

［我們都是一家人！］

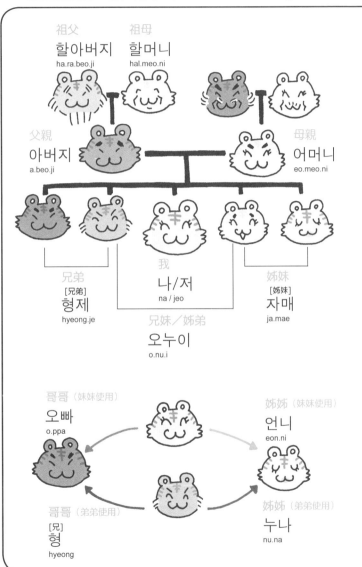

祖父
할아버지
ha.ra.beo.ji

祖母
할머니
hal.meo.ni

父親
아버지
a.beo.ji

母親
어머니
eo.meo.ni

兄弟
[兄弟]
형제
hyeong.je

我
나/저
na / jeo

姊妹
[姊妹]
자매
ja.mae

兄妹／姊弟
오누이
o.nu.i

哥哥（妹妹使用）
오빠
o.ppa

姊姊（妹妹使用）
언니
eon.ni

哥哥（弟弟使用）
[兄]
형
hyeong

姊姊（弟弟使用）
누나
nu.na

丈夫
[男便]
남편
nam.pyeon

夫婦
[夫婦]
부부
bu.bu

妻子
아내
a.nae

你好！

兒子
아들
a.deol

女兒
딸
ttal

孫子／孫女
[孫子]　[孫女]
손자/손녀
son.ja ／ son.nyeo

表兄妹（父方）
[四寸]
사촌
sa.chon

阿姨
（母親的姊妹）
[姨母]
이모
i.mo

姑姑（父親的姊妹）
[姑母]
고모
go.mo

表兄妹（母方）
[外三寸]
외삼촌
oe.sam.chon

伯伯（父親的哥哥）
큰아버지
keu.na.beo.ji

叔叔（父親的弟弟）
작은아버지
ja.geu.na.beo.ji

# 請問你從事什麼工作？

무슨 일을 하세요?
mu.seu i.reul ha.se.yo

請問你從事什麼工作?

# 무슨 일을 하세요?
mu.seu  i.reul  ha.se.yo

我是上班族。

# 회사원이에요.
hoe.sa.won.ni.e.yo

生日是什麼時候呢?

# 생일이 언제죠?
saeng.i.ri  eon.je.jo

是1978年3月25日。

# 1978년 3월 25일이에요
cheon.guk.baek.chil.sip.pal.nyeon  sam.wol  i.si.
bo.i.ri.e.yo

單字 Note

●무슨：什麼 ●일：工作 ●을：助詞 ●하세요：做。原形
(하다) 的尊敬語尾，作為疑問句時尾音要上揚。 ●회사원[會
社員]：公司職員、上班族 ●이에요：是。原形（이다）的敬語
語尾。 ●생일[生日]：生日 ●이：主格助詞 ●언제：什麼時
候 ●죠?：是～呢？是시요의的縮寫 ●년[年]：年放在句首時要
寫成에 ●월[月]：月 ●일[日]：日
＊數字的讀法請參考第152頁的「哈韓單字即時通」。

你幾歲了？

몇 살이에요?
myeot sa.ri.e.yo

你是哪裡人？　　　　　　是東京人。

어디 출신이에요?　　　도쿄출신이예요.
eo.di　　chul.si.ni.e.yo　　　to.kyo.chul.si.ni.ye.yo

你結婚了嗎？

결혼하셨어요?
kyeo.ron.ha.syeo.sseo.yo

●是的，我結婚了。　　　●不，我是單身。

네, 결혼했어요.　　　　아뇨, 독신이에요.
ne, gyeo.ron.hae.sseo.yo　　a.nyo, dok.si.ni.e.yo

---

單字Note

●몇 ：幾 ●살 ：歲 ●이에요？：是～呢？、是～嗎？ 이다
　myeot　　sal　　　i.e.yo

(是) 的尊敬語尾，句尾加上問號表示疑問句。若對方是長輩或地

位較高的人，則用 연세가 어떻게 되세요？(請問您多大歲數)
　　　　　　　yeon.se.ga eo.tteoh.ke doe.se.yo

●어디 ：哪裡 ●출신[出身]：故鄉、出生地 ●도쿄[Tokyo]：
　eo.di　　　　　chul.sin　　　　　　　　do.kyo

東京 ●이에요 ：是 ●결혼[結婚]：結婚 ●하셨어요 ：已經～
　　　　i.ye.yo　　　　gyeo.ron　　　　　　ha.syeo.sseo.yo

嗎？原形 하다 (做～) 的過去式尊敬語尾，現在仍維持婚姻關係。

＊請參考第45頁的「韓國大不同」 ●네 ：是的 ●했어요 ：原形
　　　　　　　　　　　　　　　ne　　　　hae.sseo.yo

하다的過去式尊敬語尾。 ●아뇨 ：不是 ●독신[獨身]：單身
　　　　　　　　　　　a.nyo　　　　dok.sin

38

## 直接詢問他人的隱私

　　「初次見面就直接詢問對方的年齡」，這在日本並不是一件受歡迎的事，但在韓國卻是與他人認識的第一步。因為在韓國的禮儀中，嚴格要求必須按照年齡而有不同的接待方式和用詞遣字，所以人與人見面時就要先詢問對方的年紀，以決定該使用哪一種用語以及稱呼。

　　這樣的文化差異，使得韓國人不像日本人，與人交往時會因為避免觸及對方隱私而有所顧忌，所以在韓國的社會中，人與人之間的關係比較不那麼拘謹。

　　另一方面來說，韓國人直接詢問他人隱私的習慣，也容易產生問題。尤其是中高年齡層的人，很喜歡詢問別人有關工作、家庭成員，甚至年收入等比較私密性的問題，所以有時會為對方帶來一些困擾與不便。

你好！

公司職員
[會社員]
회사원
hoe.sa.won

店員
[店員]
점원
jeom.won

護士
[看護士]
간호사
gan.ho.sa

醫生
[醫師]
의사
ui.sa

警察
[警察官]
경찰관
gyeong.chal.gwan

司機
[運轉技師]
운전 기사
un.jeon gi.sa

大學生
[大學生]
대학생
dae.hak.saeng

技師
[技術士]
기술자
gi.sul.ja

畫家
[畫家]
화가
hwa.ga

老師
[教師]
교사
gyo.sa

歌手
[歌手]
가수
ga.su

美容師
[美容師]
미용사
mi.yong.sa

廚師
[料理師]
요리사
yo.ri.sa

你好！

# 初次來到韓國

한국은　처음이에요
han.go.geun　cheo.eu.mi.e.yo

42

我第一次來韓國。

한국은　처음이에요
han.gok.eum cheo.eum.i.e.yo

打算停留幾天呢？

며칠　동안　체재할　거예요？
myeo.chil dong.an che.jae.hal geo.ye.yo

一個星期。

일주일이에요
il.ju.i.ri.e.yo

今晚一起去吃晚餐吧。

오늘 저녁엔　같이 식사하러 가요
o.neul jeo.nyeo.gen ga.chi sik.sa.ha.reo ga.yo

**單字Note**

●한국[韓國]：韓國 ●은：主格助詞。若前面連接的主語是以
han.guk　　　　　eun
（母音）結尾，則需使用는。 ●처음：初次 ●이에요：是～
　　　　　　　　　neun　　cheo.eum　　　i.e.yo
●며칠：幾天 ●동안：期間 ●체재[滯在]：停留 ●할 거에
myeo.chil　dong.an　　che.jae　　　　hal geo.
요？：打算～？原形하다（做）+ ㄹ 거예요？（打算要～？）
ye.yo　　　　　　　ha.da　　　　geo.ye.yo
●일주일[一週日]：一星期 ●오늘：今天 ●저녁：傍晚。
il.ju.il　　　　　　o.neul　　　jeo.nyeok
오늘 저녁是「今晚」的意思。 ●엔：在～。에는 的縮寫。
o.neul jeo.nyeok　　　　　en　　　e.neun
●같이：一起 ●식사[食事]：用餐、吃飯 ●하러：去做～
ga.chi　　　sik.sa　　　　　　　ha.reo
●가요：走吧。原形가다（去）的勸誘形尊敬語尾。
ga.yo　　　　　　ga.da

花了幾個小時？

몇　시간　걸렸어요?
myeot　si.gan　geol.ryeo.sseo.yo

從日本來的。

일본에서　왔어요.
il.bo.ne.seo　wass.eo.yo

這次是第二次。

이번이　　두　　번째예요.
i.beo.ni　　du　　beon.jjae.ye.yo

一切拜託你了。

잘　부탁하겠습니다.
jal　bu.ta.ka.gess.seum.ni.da

**單字Note**

● 몇 : 幾、多少（後加天數或時間）　● 시간[時間]：時間、小
時。 몇 시간 是「幾個小時」。　● 걸렸어요?：花費多久？原形
걸리다（花費）的過去式尊敬語尾。　● 일본[日本]：日本　● 에
서：從～　● 왔어요：來。原形 오다（來）的過去式尊敬語尾。
● 이번 : 這次　● 이 : 主格助詞　● 두 : 二　● 번 : 次、回　● 째 :
第～　● 예요 : 是。原形 이다（是）的尊敬語尾。　● 잘 : 好好地
● 부탁하겠습니다[付託하겠습니다]：拜託
bu.ta.ka.gess.seum.ni.da

## 「你結婚了嗎？」

　　韓語和日語在文法及詞彙上有很多相似之處，但是兩者最大的不同在於過去式的使用。例如「戴眼鏡」這句話，日語是用現在式句型，表示「戴著眼鏡」的狀態，而韓語則用過去式寫成「戴了眼鏡」，表示「戴上眼鏡的動作已經完成，且持續到現在」的意思，所以韓語非常強調過去式的語法。

　　再舉一個例子，如果想要詢問對方是否已婚，日語只要用現在式的句型，意思就是「你結婚了嗎？」。但是韓語如果用現在式來問的話，意思就會變成「你一直進行著結婚的動作嗎？」，所以韓語必須要用過去式來詢問對方是否是已婚的身份。

[天天開心！時間&季節]

星期日
[日曜日]
**일요일**
i.ryo.il

星期三
[水曜日]
**수요일**
su.yo.il

星期六
[土曜日]
**토요일**
to.yo.il

星期一
[月曜日]
**월요일**
wo.ryo.il

星期四
[木曜日]
**목요일**
mo.gyo.il

星期二
[火曜日]
**화요일**
hwa.yo.il

星期五
[金曜日]
**금요일**
geu.myo.il

※韓語的星期唸法和日文的星期唸法非常相似都是採用日、月、火、水、木、金、土的排列順序。

春
**봄**
bom

夏
**여름**
yeo.reum

秋
**가을**
ga.eul

冬
**겨울**
gyeo.ul

一月
[一月]
**일월**
il.wol

二月
[二月]
**이월**
i.wol

三月
[三月]
**삼월**
sam.wol

四月
[四月]
**사월**
sa.wol

五月
[五月]
**오월**
o.wol

六月
[六月]
**유월**
yu.wol

七月
[七月]
**칠월**
chil.wol

八月
[八月]
**팔월**
pal.wol

九月
[九月]
**구월**
gu.wol

十月
[十月]
**시월**
si.wol

十一月
[十一月]
**십일월**
si.bil.wol

十二月
[十二月]
**십이월**
si.bi.wol

你好!

# 用言的活用（動詞、形容詞、副詞的使用）

　　　用言的活用（動詞、形容詞、副詞的使用）韓語和日語一樣，都有用言（動詞、形容詞、副詞等敘述語）的語尾變化，韓語用言的原形是語幹＋다的形式，다就是語尾。所謂用言的活用，就是省略다之後所加上的語尾變化。
da　　　　　　　　　　　　　　　　　da

　　　以下是動詞原形가다（去）各種尊敬語尾的應用實例。
ga.da

● 敘述形（是～）

　　가＋ㅂ니다 → 갑니다．（去）
　　ga　 m.ni.da　　gam.ni.da

● 疑問形（～嗎？）

　　가＋ㅂ니까 → 갑니까？（要去嗎？）
　　ga　 m.ni.kka　 gam.ni.kka

● 命令形（請您～）

　　가＋십시오 → 가십시오．（請您去吧。）
　　ga　 sip.si.o　ga.sip.si.o

● 勸誘形（請一起～）

　　가＋ㅂ시다 → 갑시다．（請一起走吧！）
　　ga　 p.si.da　 gap.si.da

動詞原形가다的尾音「가」是由兩個字母組成，沒有終聲（바침），
ga.da　　　　　　ga　　　　　　　　　　ba.chim
因此語尾變化時，省略다之後直接加上ㅂ니다。若用言的尾音是由三
　　　　　　　　　　　　　da　 m.ni.da
個以上的字母組成，具有終聲（바침），則需在省略다之後加上습니
　　　　　　　　　　　ba.chim　　　　　da　　　seum.ni.
다。請參考以下的例句。
da

・습니다（敘述形語尾）、습니까？（疑問形語尾）
　seum.ni.da　　　　　　　seum.ni.kka
　＜例＞原形반갑다（高興）반갑습니다．（很高興）
　　　　　　ban.gap.da　　　　ban.gap.seum.ni.da

　　　　　原形있다（有）있습니까？（有嗎？）
　　　　　　　iss.da　　　iss.seum.ni.kka

・命令形在省略다之後加上으십시오，勸誘形則加上읍시다。
　　　　　　　　　　da　　eu.sip.si.o　　　　　　　eup.si.da

**48**

# 第 2 章

# 日常生活大小事

兔子和虎妹的交情已經好得不得了，
兩人相偕一起喝茶、一起看電視…
對彼此喜歡的韓國電影和歌曲，
也能聊得非常盡興。
順道一提，兩人之間是用半語來交談的。
韓語中的半語是朋友之間常用的一種語法。

# 睡得好嗎？

잘잤니?
jal.jass.ni

**1**
睡得好嗎？
잘 잤니?
jal jass.ni

**2**
嗯，那妳呢？
응, 넌 어때?
eung, neon eo.ttae

**3**
我一覺到天亮。
아침까지 푹 잤어.
a.chim.kka.ji puk ja.sseo

**4**
今天的天氣很好呢！
오늘은 날씨가 좋구나.
o.neu.reun nal.ssi.ga jot.ku.na

睡得好嗎？

# 잘 잤니?
jal　jass.ni

---

嗯，那妳呢？

# 응，　넌　어때?
eung,　neon　eo.ttae

---

我一覺到天亮。

# 아침까지　푹　잤어.
a.chim.kka.ji　puk　ja.sseo

---

今天的天氣很好呢！

# 오늘은　날씨가　좋구나!
o.neu.reun　nal.ssi.ga　jot.ku.na

**單字Note**

●잘：好好地 ●잤니：睡了嗎？原形자다（睡）的過去式半語
　jal　　　　　jass.ni　　　　　　　　　　ja.da
語尾，於親近的友人之間使用 ●응：嗯 ●넌：你/妳。너는的縮
　　　　　　　　　　　　　　　eung　　　neon　　　　neo.neun
寫，너是第二人稱「你/妳」的親近說法，는是主格助詞。 ●어
　　neo　　　　　　　　　　　　　　　　　neun　　　　　　　　eo.
때?：如何？原形어떻다（如何）的疑問形半語語尾。 ●아침：
ttae　　　　　　eo.tteo.ta　　　　　　　　　　　　　　　a.chim
早上、早晨 ●까지：到～為止 ●푹：徹底地 ●잤어：睡覺。
　　　　　　kka.ji　　　　　　puk　　　　　　ja.sseo
原形자다（睡覺）的過去式半語語尾，是比較不尊敬的肯定句用
　　ja.da
法。 ●오늘：今天 ●은：主格助詞 ●날씨：天氣 ●가：主格
　　　　o.neul　　　eun　　　　　　nal.ssi　　　　ga
助詞 ●좋구나!：很好呢！좋다（很好）的感嘆形半語語尾。
　　　jot.ku.na　　　　　　　jo.ta

**51**

早上七點叫我起床。

## 아침 일곱 시에 깨워 줘.
a.chim il.gop si.e kkae.wo jwo

---

睡過頭了。

## 늦잠 잤다.
neut.jam jass.da

---

來刷牙吧。

## 이를 닦자.
i.reul dakk.ja

---

氣象報告是雨天。

## 일기예보는 비야.
il.gi.ye.bo.neun bi.ya

---

**單字Note**

●아침：早上、早晨　●일곱：七　●시[時]：時、點，表示時
　a.chim　　　　　　　il.gop　　　si
刻。表示時間的方法是「特定數字＋시」。　●에：在～　●깨워
　　　　　　　　　　　　　　　　si　　　　　　　e　　　　　kkae.wo
：叫醒。原形깨우다（叫醒）＋어=깨워　●줘：幫我。原形주다
　　　　　kkae.wu.da　　eo kkae.wo jwo　　　　　　　　　　　ju.da
（給）的命令形半語語尾。　●늦잠：睡過頭　●잤다：睡。原形
　　　　　　　　　　　　　　neut.jam　　　jass.da
자다（睡）的過去式半語語尾。　●이：牙齒　●를：受格助詞
ja.da　　　　　　　　　　　　　i　　　　reul
●닦자：刷（牙）。原形닦다（刷）的勸誘形半語語尾。
　dakk.ja　　　　　　　dakk.da
●일기예보[日氣預報]：天氣預報　●는：主格助詞　●비：雨
　il.gi.ye.bo　　　　　　　　　　　neun　　　　　　　bi
●야：是～。原形이다（是）的半語語尾。
　ya　　　　　i.da

# 日本、韓國都有梅雨和颱風

　　朝鮮半島位在日本的西北方，以首爾來說，緯度幾乎和日本的福島市相同，再加上屬於大陸型氣候，冬天的每日平均氣溫在零度以下並不稀奇，首爾的經度則和日本的那霸市幾乎相同。雖然韓國比日本的主要都市還靠近西邊，但是全國是同一時區沒有時差。夏天即使過了晚上八點，太陽也還沒完全西沉。除此之外，韓國氣候和日本最大的不同之處就是溼度，韓國是大陸型乾燥氣候，即使是盛夏，只要處在背陽的陰涼處，就會感覺涼爽。

　　韓國從六月開始到七月是屬於梅雨季節，這點和日本相同，而接近秋天就是颱風的季節。韓國有著獨特而四季分明的氣候，這可說是在韓國旅行的一種醍醐味呢！

日常生活大小事

晴
맑음
mal.geum

雨
비
bi

陰
흐림
heu.rim

雪
눈
nun

雷
[天動]
천둥
cheon.dung

風
바람
ba.ram

颱風
[颱風]
태풍
tae.pung

霧
안개
an.gae

陣雨
소나기
so.na.gi

炎熱
덥다
deop.da

悶（濕）熱
무덥다
mu.deop.da

日常生活大小事

冰涼
차다
cha.da

寒冷
춥다
chup.da

涼爽
시원하다
si.won.ha.da

溫暖
따뜻하다
tta.tteu.ta.da

**55**

# 來喝茶吧！

차나　마시자
cha.na　ma.si.ja

**1**
來喝茶吧。　想喝什麼呢？
차나　마시자.
cha.na　ma.si.ja
뭐 마시고 싶어?
mwo ma.si.go　si.peo

**2**
我想喝咖啡。
커피가　마시고　싶어.
keo.pi.ga　ma.si.go　si.peo

**3**
坐那邊的沙發吧。
그 소파에　앉아.
keu so.pa.e　an.ja

**4**
要看電視嗎？
텔레비 보고　싶어?
tel.re.bi　bo.go　si.peo

來喝茶吧。想喝什麼呢？

# 차나 마시자.　뭐　마시고　싶어?
cha.na ma.si.ja　　mwo　ma.si.go　si.peo

---

我想喝咖啡。

# 커피가　마시고 싶어.
keo.pi.ga　　ma.si.go　si.peo

---

坐那邊的沙發吧。

# 그　소파에　앉아.
keu　so.pa.e　　an.ja

---

要看電視嗎？

# 텔레비 보고 싶어?
tel.re.bi　　bo.go　si.peo

**單字Note**

● 차[茶]：茶 ● 나：之類 ● 마시자：喝吧。原形마시다（喝）
　cha　　　　　na　　　　　ma.si.ja　　　　　　　　　ma.si.da
的勸誘形半語語尾。　● 뭐：什麼。무엇 的縮寫，省略助詞을。
　　　　　　　　　　　　mwo　　　mu.eot　　　　　　　　　eul
● 마시고 싶어：想喝。原形마시다（喝）＋～고 싶다（想要
　ma.si.go　si.peo　　　　　　ma.si.da　　　　　　go　sip.da
～）的半語語尾 ● 커피[coffee]：咖啡 ● 가：助詞 ● 그：那
　　　　　　　　　keo.pi　　　　　　　　　　ga　　　　　　geu
個 ● 소파[sofa]：沙發 ● 에：在～ ● 앉아：坐。原形앉다
　　　so.pa　　　　　　　　e　　　　　an.ja　　　　　　　ant.da
（坐）　● 텔레비：電視。텔레비전[television]的縮寫。　● 보
　　　　　　tel.re.bi　　　　tel.re.bi.jeon　　　　　　　　　　bo.
고 싶어?：想看嗎？原形보다（看）＋～고 싶다（想要～）的半
go　si.peo　　　　　　bo.da　　　　　go　sip.da
語語尾。

要吃蛋糕嗎？
케이크 먹을래?
ke.i.keu　meo.geul.rae

---

去散步吧。
산책하러　가자.
san.chae.ka.reo　ga.ja

---

現在幾點？
지금 몇　시?
ji.geum　myeot　si

---

可以抽煙嗎？
담배　피워도　돼?
tam.bae　pi.wo.do　dwae

---

**單字Note**

●케이크[cake]：蛋糕 ●먹을래：要吃嗎？原形먹다（吃）
　　ke.i.keu　　　　　　meo.geul.rae　　　　　　meok.da

●산책[散策]：散步 ●하러：做....吧。原形하다（做～）
　san.chaek　　　　　　ha.reo　　　　　　ha.da

●가자：去吧。原形가다（去） ●지금[只今]：現在 ●몇：
　ga.ja　　　　　　ga.da　　　　　　ji.geum　　　　　　myeot

幾、幾個 ●시[時]：點 ●담배：香菸 ●피워도：抽～也～。
　　　　si　　　　　　dam.bae　　　pi.wo.do

原形피우다（抽） ●돼？：可以嗎？尋求對方許可的半語語尾，
　　pi.u.da　　　　　dwae

原形되다（可以）。
　doe.da

58

## 舒適的韓國咖啡廳

當你逛街逛得很累的時候,是不是想找個咖啡廳休息一下呢?

韓國和日本一樣,有非常多價位合理、適合休憩的咖啡廳。若是看到門口掛著「Coffee Shop」的廣告看板,就表示是一家可以方便利用的咖啡廳,尤其對旅行者來說是再適合不過的休憩點。而且韓國的咖啡廳比較不會像日本的咖啡店特別注重顧客的高轉檯率,所以韓國很多的咖啡廳都設置了可以讓人徹底放鬆的沙發椅組。

韓國的觀光區附近常會見到賣「傳統茶」的店家,這種茶是使用蜂蜜、柚子、松子所製成的,具有一種溫和的甘甜味。如果能在仿韓式傳統房屋建築的店內喝上一杯傳統茶來潤喉爽聲,更能體驗韓國道地的放鬆方式。

日常生活大小事

59

時鐘
[時計]
시계
si.gye

開關
[switch]
스위치
seu.wi.chi

電燈
[bulb]
불
bul

茶壺
[pot]
포트
po.teu

門
[門]
문
mun

杯子
[盃]
잔
jan

電視
[televi(sion)]
텔레비
tel.re.bi

電話
[電話]
전화
jeon.hwa

冷氣
[air con(ditioner)]
에어컨
e.eo.keon

窗簾
[curtain]
커튼
keo.teun

矮櫃
서랍장
seo.rap.jang

遙控器
[remote con(trol)]
리모컨
ri.mo.keon

抱枕
[cushion]
쿠션
ku.syeon

收音機
[radio]
라디오
ra.di.o

桌子
[table]
테이블
te.i.beul

雜誌
[雜誌]
잡지
jap.ji

沙發
[sofa]
소파
so.pa

垃圾桶
[쓰레기桶]
쓰레기통
sseu.re.gi.tong

書架
[策꽂이]
책꽂이
chaek.kko.chi

日常生活大小事

# 真體貼啊！

다정하구나.
da-jeong-ha-gu-na

妳真體貼啊！
넌 참 다정하구나.
neon cham da.jeong.ha.gu.na

妳過獎了。
과찬이야.
kwa.chan.i.ya

我很像媽媽。
난 엄마 닮았어.
nan eom.ma dal.ma.sseo

我媽媽很會照顧人。
엄만 너무
eom.man neo.mu
자상하셔.
ja.sang.ha.syeo

妳真體貼啊！

# 넌　참　다정하구나.
neon　cham　da.jeong.ha.gu.na

---

妳過獎了。

# 과찬이야.
kwa.chan.i.ya

我很像媽媽。

# 난　엄마　닮았어.
nan　eom.ma　dal.ma.sseo

---

我媽媽很會照顧人。

# 엄만　너무　자상하서.
eom.man　neo.mu　ja.sang.ha.syeo

單字 Note

● 넌：你。너는 的縮寫，是關係較親近時的稱呼，너 是「你」、
neon　　　 neo.neun　　　　　　　　　　　　　　 neo
는是主格助詞。　●참：真的　●다정 [多情]：溫柔、體貼。
neun　　　　　　　　　 cham　　　 da.jeong
●하구나：真是～啊！　●과찬 [過讚]：過獎　●이야：是～。原
ha.gu.na　　　　　　　　　 gwa.chan　　　　　　　　 i.ya
形이다 (是)　● 난：我。나는 的縮寫，나 是「我」、는是主格
i.da　　　　　 nan　　 na.neun　　　　 na　　　　　 neun
助詞。　●엄마：媽媽。原本是幼兒對母親的稱呼，年輕人或成年
eom.ma
女性也經常使用。　●닮았어：相像。原形닮다 (像) 的過去式半
dal.ma.sseo　　　　　 dalm.da
語語尾。　●엄만：媽媽。엄마는 的縮寫。　●너무：很、非常
eom.man　 eom.ma.neun　　　　 neo.mu
●자상하서：細心、周到。原形자상하다 (細心)。
ja.sang.ha.syeo　　　　　　　 ja.sang.ha.da

你很親切。

너는　친절하네.

neo.neun　chin.jeo.ra.ne

---

值得令人尊敬。

존경할　만한데.

jon.gyeong.hal　ma.nan.de

---

真有男子氣概。

사나이답구나.

sa.na.i.dap.gu.na

---

我是個多話的人。

나는　수다쟁이야.

na.neun　su.da.jaeng.i.ya

---

單字Note

● 너：你。第二人稱的半語語法，通常是對親近的人或是晚輩使
　neo
用。　● 는：主格助詞　● 친절하네 [親切하네]：親切　● 존경 [尊
　　　　neun　　　　　chin.jeo.ra.ne　　　　　　　jon.gyeong
敬]：尊敬　● 할 만한데：值得～。原形하다（做～）。　● 사나
　　　　　　hal ma.nan.de　　　　　　　　　　ha.da　　　　　sa.na.
이：男子漢、男子氣概。一般「男性」則是남자 [男子]。　● 답구
i　　　　　　　　　　　　　　　　　　　　nam.ja　　　　　dap.gu.
나：真有～特質啊。原形답다（像）。　● 나：我。謙稱則是저。
na　　　　　　　　　dap.da　　　　　　na　　　　　　　　　jeo
● 수다쟁이：多話的人。「話少的人」是말이　적은　사람。
　su.da.jaeng.i　　　　　　　　　　　ma.ri　jeo.geun sa.ram
● 야：是～。原形이다（是～）的半語語尾。
　ya　　　　　　　i.da

# 韓國版的「大和撫子」和「九州男兒」

現在的日本人在稱讚他人時，已經很少會用過去代表日本男女的「九州男兒」和「大和撫子」這兩個形容詞了。

這兩個形容詞等於韓語中的「慶尚道男子漢」和「窈窕淑女」。「慶尚道」包括釜山及慶州等地，是韓國以前的行政區之一。「사나이」就是「像個男子漢」的意思，「慶尚道사나이」的形象就是沉默寡言、舉止帶點粗魯卻心地善良的男性。

另一方面，「窈窕」的意思是「美麗溫柔的樣子」。日本的電視劇「大和撫子」*（即大和敗金女）經由韓國翻拍後播放時，片名改成了「窈窕淑女」。然而從劇中主角自我主張強烈的個性看來，「窈窕淑女」這種形容詞恐怕已經不符合現代韓國女性的潮流了！

日常生活大小事

（su.na.i）

很容易害羞
부끄럼을 잘 타다
bu.kkeu.reo.meul　jal　ta.da

仔細、謹慎
꼼꼼하다
kkom.kko.ma.da

擅交際
[社交的이다]
사교적이다
sa.gyo.jeo.gi.da

悠閒自在
태평꾼
tae.pyeong.kkun

急躁
[性急하다]
성급하다
seong.geu.pa.da

愛哭
[情에 무르다]
정에 무르다
jeong.e　mu.reu.da

膽小鬼
겁쟁이
geop.jaeng.i

認真
[誠實하다]
성실하다
seong.si.ra.da

日常生活大小事

優雅莊重
얌전하다
yam.jeo.na.da

任性
제멋대로 굴다
je.meot.dae.ro　　gul.da

不認輸
[傲氣가 세다]
오기가 세다
o.gi.ga　　se.da

熱情
[情熱的이다]
정열적이다
jeong.yeol.jeo.gi.da

勤奮
부지런하다
bu.ji.reo.na.da

懶骨頭
게으름벵이
ge.eu.reum.beng.i

神經質
[神經質的이다]
신경질적이다
sin.gyeong.jil.jeo.gi.da

67

# 廁所在哪裡？

廁所在哪裡？
화장실은 어디?
hwa.jang.si.reun eo.di

在浴室旁邊。
욕실 옆이야.
yok.sil yeo.pi.ya

沒有衛生紙！
화장지가 없어!
hwa.jang.ji.ga eob.seo

我馬上拿來給你。
금방 갖다 줄게.
keum.bang gat.da.jul.ge

廁所在哪裡？
화장실은　　어디?
hwa.jang.si.reun　eo.di

在浴室旁邊。
욕실　옆이야.
yok.sil　yeo.pi.ya

沒有衛生紙！
화장지가　　없어!
hwa.jang.ji.ga　eob.seo

我馬上拿來給妳。
금방　　　갖다　줄게.
keum.bang　gat.da　jul.ge

**單字Note**

●화장실[化粧室]：廁所　●은：主格助詞。前面連接的單字若是
hwa.jang.sil　　　　　　　　eun
母音結尾，則使用는。　●어디：在哪裡？　●욕실[浴室]：浴室
　　　　　　　　neun　　　eo.di　　　　　　　　yok.sil
●옆：旁邊。韓語中表示「～的旁邊」，單字已經含有「的」的
yeop
意思。　●이야：是～。이다（是）的簡單半語語尾。
　　　　　i.ya　　　　　i.da
●화장지[化粧紙]：廁所專用衛生紙　●가：主格助詞。前面連接
hwa.jang.ji　　　　　　　　　　ga
的單字若是子音結尾，則使用이。　●없어：沒有了。없다（沒
　　　　　　　　　　　　　i　　eob.seo　　　　eobs.da
有）的簡單半語語尾。　●금방[今方]：馬上、立刻　●갖다：拿
　　　　　　　　　　　geum.bang　　　　　　　　gat.da
來　●줄게：給
jul.ge

**69**

我住在十層樓高的公寓。

십 층　짜리 아파트에　살고 있어.
sip cheung jja.ri　a.pa.teu.e　sal.go iss.eo

---

這裡是我的房間。

여기가 내　방이야.
yeo.gi.ga　nae　bang.i.ya

---

真是非常寬敞啊。

굉장히　　넓구나.
koeng.jang.hi　neol.kku.na

---

可以開窗嗎？

창문　　열어도　돼?
chang.mun　yeol.eo.do　dwae

---

●십 층[十層]：十層　●짜리：接在數量之後，表示「量
　sip cheung　　　　　　　 jja.ri
詞」、「單位」。　●십 층 짜리：十層樓高　●아파트[apart
　　　　　　　　　　　　 sip cheung jja.ri　　　　　 a.pa.teu
（ment）]：公寓　●에：在～　●살고：正住～。原形살다
　　　　　　　　　　　 e　　　　　sal.go　　　　　　　 sal.da
（住）。　●있어：在、有。原形있다（在、有）的簡單半語語
　　　　　 i.sseo　　　　　　 iss.da
尾。　●여기：這裡　●가：主格助詞　●내：我的。나의的縮
　　　 yeo.gi　　　　ga　　　　　　　 nae　　　 na.ui
寫。　●방[房]：房間　●이야：是～。原形이다（是）的簡單半
　　　 bang　　　　　　 i.ya　　　　　　 i.da
語語尾。　●굉장히[宏壯히]：非常地　●넓구나：真寬廣。原形
　　　　　　 goeng.jang.hi　　　　　　 neol.kku.na
넓다（寬廣）。　●창문[窗門]：窗戶　●열어도：打開也～。
neol.tta　　　　　 chang.mun　　　　　 yeo.reo.do
「關上也～」是닫아도。　●돼?：可以嗎？
　　　　　　　　 da.da.do　　 dwae

70

# 沒有和室壁櫥？韓式住宅！

　　韓國人在進入室內時，有將鞋子脫掉的習慣。但是在韓國一般的家庭裡睡覺時，是直接睡在涼爽的地板上，或是睡在地板下有暖氣裝置的炕房（온돌방）內，這就
on.dol.bang
是韓國人特有的習慣。

　　普遍的韓國的住宅，一進門會先有個大客廳，周邊則設置小房間，所以屋內設計通常是沒有走廊的。

　　令人感到意外的是，韓式房間並不像日式房間一樣設有和式壁櫥。雖然韓國人和日本人一樣，會先將鞋子脫掉之後再進入室內，睡覺時也是先鋪好床墊和棉被後再就寢，但在日本會將床墊和棉被收進壁櫥內放置，韓國從古至今的作法則是把床墊和棉被堆疊置於房間的一角，所以在棉被外部都會特別繡上一些刺繡，並把它視為室內的裝飾，這種刺繡功夫也可說是一種韓國文化的傳承。

日常生活大小事

屋頂
지붕
ji.bung

牆壁
[壁]
벽
byeok

寢室
[寢室]
침실
chim.sil

廁所
[化粧室]
화장실
hwa.jang.sil

樓梯
[階梯]
계단
gye.dan

大門
[大門]
대문
dae.mun

玄關
[玄關]
현관
hyeon.gwan

窗戶
[窗門]
창문
chang.mun

日常生活大小事

浴室
[浴室]
욕실
ok.sil

走廊
[複道]
복도
bok.do

廚房
부엌
bu.eok

客廳
[居室]
거실
geo.sil

庭院
마당
ma.dang

# 我喜歡韓國歌曲

한국 노래를 좋아해.
han.guk no.rae.reul joh.a.hae

74

我喜歡韓國歌曲。

# 한국  노래를  좋아해.
han.guk  no.rae.reul  joh.a.hae

---

妳歌唱得真好啊！

# 노래  잘 부르는구나.
no.rae  jal  bu.reu.neun.gu.na

---

沒有啦，我唱得不好。

# 아냐,  난  못  불러.
a.nya,  nan  mot  bul.reo

---

怎會唱得不好，我很感動呢！

# 못  부르긴,  난  감동했어.
mot  bu.reu.gin,  nan  gam.dong.hae.sseo

---

**單字 Note**

● 한국 [韓國]：韓國  ● 노래：歌曲  ● 를：受格助詞  ● 좋아
han.guk             no.rae           reul           joh.a.
해：喜歡。原形 좋아하다（喜歡）是「及物動詞」，所以前面的
hae        joh.a.ha.da
名詞要加受格助詞 를。  ● 잘：很好、好好地  ● 부르는구나：
                          jal              bu.reu.neun.gu.na
唱。原形 부르다（唱）。  ● 아냐：不是。原形 아니다（不是）
      bu.reu.da         a.nya              a.ni.da
的簡單半語語尾。  ● 난：我。나는（我）的縮寫。  ● 못：「做
              nan    na.neun              mot
得不好」的意思。  ● 불러：唱  ● 못 부르긴：「怎會唱得不
                    bul.reo    mot bu.reu.gin
好」，也就是「沒有那回事」，不同意對方所說的話。  ● 감동 [
                                                gam.dong
感動]：感動  ● 했어：原形 하다（做）的過去式半語語尾。
          hae.sseo      ha.da

真是愉快。
즐겁구나.
jeul.geop.gu.na

---

那是個好點子。
그거 좋은 생각이네.
keu.geo　joh.eun　saeng.ga.gi.ne

---

真的嗎？
진짜니?
jin.jja.ni

---

真是很棒的音樂啊。
멋있는 음악이구나.
meo.siss.neun　eum.a.ki.gu.na

---

單字Note

●즐겁구나：愉快、快樂。原形즐겁다（快樂）。 ●그거：那
　jeul.geop.gu.na　　　　　　　jeul.geop.da　　　　　　geu.geo
個。그것（那個）的縮寫，後面省略了助詞이。 ●좋은：好的
　　　　geu.geot　　　　　　　　　　　i　　　　　　　joh.eun
～。原形좋다（好） ●생각[生覺]：點子、想法 ●이네：是～
　　　jo.ta　　　　saeng.gak　　　　　　　　　i.ne
呢！原形이다（是）。 ●진짜[真짜]：真的 ●니?：是～嗎？
　　　i.da　　　　　jin.jja　　　　　　　ni
原形이다（是）的半語為이니，省略이之後成為니。 ●멋있
　　i-da　　　　　i-ni　　　　i　　　　ni　　meo.siss.
는：很棒、很帥的。原形멋있다（很棒）。 ●음악[音樂]：音樂
neun　　　　　　meo.siss.da　　　　　eum.ak
●이구나：真是～啊！原形이다（是）。
　i.gu.na　　　　　　　i-da

# 超愛唱KTV的韓國人

日本和韓國在地理和歷史上有著非常深的關聯，在文化以及生活習慣方面也有很多共通點，但是民族性卻有很大的差異，這是非常有趣的一點。

若說細心、吃苦耐勞是日本人的典型特質，那麼韓國人就是充滿朝氣、具有樂天派的個性。韓國人特別喜歡唱歌和跳舞，由這一點就可以看出韓國人的民族特質。例如在韓國的觀光巴士和遊覽船上，經常會看到隨著音樂跳起舞來的歐吉桑和歐巴桑。即使是年輕的新新人類，很多也是非常喜歡通宵熱唱KTV，和人群一同投入大量情感唱歌作樂。其中歌喉出色的歌唱高手也不在少數。

日常生活大小事

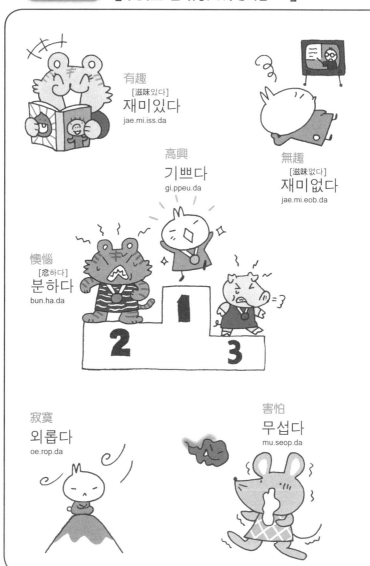

有趣
[滋味있다]
재미있다
jae.mi.iss.da

高興
기쁘다
gi.ppeu.da

無趣
[滋味없다]
재미없다
jae.mi.eob.da

懊惱
[忿하다]
분하다
bun.ha.da

寂寞
외롭다
oe.rop.da

害怕
무섭다
mu.seop.da

喜歡
좋아하다
joh.a.ha.da

討厭
싫어하다
si.reo.ha.da

失望
[落心하다]
낙심하다
nak.si.ma.da

突然嚇了一跳
깜짝　놀라다
kkam.jjak　nol.ra.da

羨慕
부럽다
bu.reop.da

高興
즐겁다
jeul.geop.da

悲傷
슬프다
seul.peu.da

日常生活大小事

**79**

# 興趣是什麼？

취미가 뭐지?
chwi.mi.ga mwo.ji

妳的興趣是什麼？

취미가　뭐지?

chwi.mi.ga　mwo.ji

---

欣賞電影。

영화　감상이야.

yeong.hwa　gam.sang.i.ya

---

那麼，對韓國電影感興趣嗎？

그럼,　한국영화에　흥미가　있어?

keu.reom,　han.gu.gyeong.hwa.e heung.mi.ga　i.sseo

---

當然囉！

물론이지!

mul.ro.ni.ji

---

單字Note

● 취미[趣味]：興趣　● 가：主格助詞　● 뭐：무엇（什麼）的縮
　　chwi.mi　　　　　　　　ga　　　　　　　mwo mu.eot

寫。　● 지?：是～呢？　● 영화[映畫]：電影　● 감상[鑑賞]：
　　　　　　 ji　　　　　　　yeong.hwa　　　　　　　gam.sang

欣賞　● 이야：是～。이다（是）的簡單半語語尾。　● 그럼：那
　　　　　i.ya　　　　　　i.da　　　　　　　　　　　　geu.reom

麼　● 한국영화[韓國映畫]：韓國電影　● 에：對於～事物。若是
　　　han.gu.gyeong.hwa　　　　　　　　e

「對於～人」則加上 에게 或 한테（例：나에게 是「對於我」）。
　　　　　　　　　　e.ge　　han.te　　　　na.e.ge

● 흥미[興味]：感興趣　● 있어?：有嗎？原形 있다（在、
　　heung.mi　　　　　　　i.sseo　　　　　　　iss.da

有）。　● 물론[勿論]：當然　● 이지：是～。原形 이다（是）。
　　　　　　mul.ron　　　　　　　i.ji　　　　　　i.da

我正在收集骨董品。

골동품을　수집하고 있어.

kol.dong.pu.meul su.ji.pa.go　i.sseo

---

我對傳統舞蹈感興趣。

전통무용에　흥미가　있어.

jeon.tong.mu.yong.e heung.mi.ga i.sseo

---

一起去展覽會吧！

전람회에　가자.

jeon.ram.hoe.e ga.ja

---

一起去兜風吧！

드라이브　가자.

teu.ra.i.beu　ga.ja

---

# 假日的人氣休閒活動－登山

　　韓國的國土約75%為山地，稱得上是山岳國。話雖如此，韓國境內山脈的平均標高只有四百八十二公尺，沒有任何一座山脈超過二千公尺，有的不過只是綿延數百公尺的小山。

　　由於受到這種地形的影響，登山對韓國人的生活來說成為了不可或缺的活動。因為擁有這麼多可以輕鬆攀登的小山，所以一般韓國人便把登山活動視為恢復活力最方便的方法。另一方面，韓國受到風水思想的影響，所以墓地大都建在山上，而佛教寺院也大多位於山裡。

　　星期六、日的清晨，在韓國的街道上常可以看到許多穿著登山裝、在街上等待電車或公車的男女老少。甚至還有些體力強健，先去登山輕鬆流點汗之後再前往上班的人呢！

日常生活大小事

83

占卜
[占]
점
jeom

圍棋
바둑
ba.duk

釣魚
낚시
nakk.si

登山
[登山]
등산
deung.san

KTV（卡拉ok）
가라오케
ga.ra.o.ke

陶藝
[陶藝]
도예
do.ye

繪畫
그림
geu.rim

音樂欣賞
[音樂鑑賞]
음악감상
eum.ak.gam.sang

讀書
독서
dok.seo

購物
[shopping]
쇼핑
syo.ping

旅行
[旅行]
여행
yeo.haeng

兜風
[drive]
드라이브
deu.ra.i.beu

日常生活大小事

# 喂～

## 여보세요
### yeo.bo.se.yo

不好意思，請問哪裡有公用電話？
저기, 공중  전화가  어디
jeo.gi, gong.jung jeon.hwa.ga eo.di
있습니까?
iss.seum.ni.kka

喂～，是虎妹嗎？
여보세요,  도라니?
yeo.bo.se.yo, do.ra.ni

不，我不是。
아뇨, 아닙니다.
a.nyo, a.nim.ni.da

我是貓弟。

對不起，我打錯了。
미안합니다,
mi.a.nam.ni.da
잘못  걸었습니다.
jal.mot geo.reoss.seum.ni.da

不好意思，請問哪裡有公用電話？

저기, 공중 전화가 어디 있습니까?

jeo.gi, gong.jung jeon.hwa.ga eo.di iss.seum.ni.kka

---

喂～，是虎妹嗎？

여보세요, 도라니?

yeo.bo.se.yo, do.ra.ni

日常生活大小事

---

不，我不是。

아뇨, 아닙니다.

a.nyo, a.nim.ni.da

---

對不起，我打錯了。

미안합니다, 잘못 걸었습니다.

mi.a.nam.ni.da, jal.mot geo.reoss.seum.ni.da

---

**單字Note**

● 저기：那個～。呼叫對方的代名詞。 ● 공중 전화 [公眾電
jeo.gi gong.jung jeon.hwa
話]：公用電話 ● 가：主格助詞 ● 어디：哪裡。完整句型為어디
ga eo.di eo.di
（哪裡）＋에（在～），省略了에。 ● 있습니까?：有嗎？ ●
e iss.seum.ni.kka
여보세요：喂～ ● 니?：是～嗎？原形이다（是）的簡單說法，
yeo.bo.se.yo ni i.da
完整句型為이니?，省略了이。 ● 아뇨：不是。네（是）的相反
i.ni i a.nyo ne
詞。 ● 아닙니다：不是，原形아니다（不是）。 ● 미안합니다
a.nim.ni.da a.ni.da mi.a.nam.ni.da
[未安합니다]：對不起 ● 잘못：搞錯 ● 걸었습니다：打電話，
jal.mot geo.reoss.seum.ni.da
原形걸다（打）。
geol.da

你會說日語嗎？

# 일본말을 할 줄 아세요?
il.bon.ma.reul hal jul a.se.yo

我想打國際電話。

# 국제 전화를　걸고 싶은데요.
kuk.je jeon.hwa.reul geol.go si.peun.de.yo

這附近有郵筒嗎？

# 우체통이 근처에　있습니까?
u.che.tong.i geun.cheo.e iss.seum.ni.kka

請告訴我電子郵件地址。

# 이메일 주소를 가르쳐　주세요.
i.me.il ju.so.reul ga.reu.chyeo ju.se.yo

---

單字 Note

● 일본[日本]：日本　● 말：話　● 을：受格助詞　● 할 줄 아세
il.bon　　　　　　　　mal　　　　eul　　　　　　　　hal jul a.se.
요?：會～嗎？懂得～嗎？　● 국제 전화[國際電話]：國際電話
yo　　　　　　　　　　　　　　guk.je jeon.hwa
● 를：受格助詞　● 걸고 싶은데요：「想打電話」的尊敬說法。
reul　　　　　　geol.go si.peun.de.yo
原形걸다（打）語幹＋ ～고 싶다（想要～）。　● 우체통[郵遞
geol.da　　　　　　　　　go　sip.da　　　　　　　　　u.che.tong
筒]：郵筒　● 이：主格助詞　● 근처[近處]：附近　● 에：在～
　　　　　　　　i　　　　　　geun.cheo　　　　　　　　e
● 있습니까?：有嗎？原形있다（有、在）　● 이메일[E-mail]：
iss.seum.ni.kka　　　　　　iss.da　　　　　　　　　i.me.il
電子郵件● 주소[住所]：住址　● 가르쳐：教、告訴。原形가르
　　　　　ju.so　　　　　　　　ga.reu.chyeo　　　　　　　ga.reu.
치다（教）　● 주세요：請
chi.da　　　　ju.se.yo

**88**

# @的記號叫做螺？

　　韓國在不知不覺中成為廣泛使用寬頻的大國，因此被全世界所認識。拜迅速普及的網路所賜，至今韓國人時時刻刻都沉浸在網路世界中，傳送電子郵件和購物成為生活中不可缺少的一環，現在甚至出現了網路補習班，也能夠透過網路的各種服務，進行線上掃墓等活動。

　　既然了解到韓國的網路是如此地方便，因此與人交流時務必記得要交換電子郵件地址。基本上我們是用英語 at 來記憶「@」這個拉丁字母，但是韓國人則將「@」這個符號稱為「골뱅이（gol.baeng.i）」（螺）。「골뱅이（gol-baeng-i）」是可以食用的螺類，因為螺的形狀和「@」這個符號很類似，所以便把「@」稱為「螺」。

日常生活大小事

電話號碼
[電話號碼]
전화번호
jeon.hwa.beon.ho

傳真
[Fax]
팩스
paek.seu

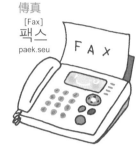

手機
[攜帶Phone]
휴대폰
hyu.dae.pon

電報
[電報]
전보
jeon.bo

包裹
[小包]
소포
so.po

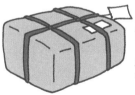

郵票
[郵票]
우표
u.pyo

信紙
[便紙紙]
편지지
pyeon.ji.ji

信封
[便紙封套]
편지 봉투
pyeon.ji bong.tu

快遞
[速達]
속달
sok.dal

航空郵件
[航空便]
항공편
hang.gong.pyeon

海運郵件
[船便]
선편
seon.pyeon

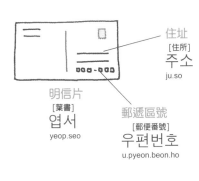

電子郵件
[E-mail]
이메일
i.me.il

住址
[住所]
주소
ju.so

郵局
[郵遞局]
우체국
u.che.guk

明信片
[葉書]
엽서
yeop.seo

郵遞區號
[郵便番號]
우편번호
u.pyeon.beon.ho

日常生活大小事

# 晚安

잘 자
jal cha

我回來了。

나 왔어.

na wa.sseo

---

好累啊！

피곤해!

pi.go.nae

---

好好休息吧。

푹 쉬어.

puk swi.eo

---

晚安。

잘 자.

jal cha

日常生活大小事

**單字Note**

● 나 : 我。自謙詞為 저 。　● 왔어 : 來了、回來了，原形 오다
　na　　　　　　　　jeo　　　　　wa.sseo　　　　　　　　　o.da
（來）的過去式半語語尾。「我回來了」這句話沒有制式說法，

但要依對象不同而有所區別，對長輩要用敬語 다녀왔습니다（我
　　　　　　　　　　　　　　　　　　da.nyeo.wass.seum.ni.da
回來了）。　● 피곤 [疲困] : 疲勞　● ~해 : 做～　● 푹 : 充分地、
　　　　　　　pi.gon　　　　　　　　　hae　　　　　puk
徹底地　● 쉬어 : 休息。原形 쉬다（休息）　● 잘 : 好好地　●
　　　　　　swi.eo　　　　　　　　swi.da　　　　　　jal
자 : 睡。原形 자다（睡），잘 자（好好睡吧）是「晚安」的意
cha　　　　　cha.da　　　jal　cha
思。

該換衣服了。

## 갈아 입어야 겠다.
ka.ra　　i.beo.ya　　gess.da

---

我可以洗個澡嗎？

## 목욕해도　　좋아？
mo.gyo.gae.do　　jo.a

---

現在關燈吧！

## 이제　불　끄자.
i.je　　bul　kkeu.ja

---

祝你好夢。

## 좋은　꿈　꿔.
joh.eun　kkum　kkwo

---

**單字 Note**

●갈아 입다：更衣，直譯是「換穿衣服」。　●어야 겠다：應
　ga.ra　ip.da　　　　　　　　　　　　　　　　　　eo.ya　gess.da
該～　●목욕[沐浴]：洗澡　●해도：可以～　●좋아：好嗎？
　　　　mo.gyok　　　　　　　　　hae.do　　　　　joh.a
原形좋다（好）。　●이제：現在、此時　●불[bulb]：電燈　●
　　jo.ta　　　　　　　　i.je　　　　　　　　bul
끄자：關掉吧。原形끄다（關）。　●좋은：很好的。原形좋다
kkeu.ja　　　　　kkeu.da　　　　　joh.eun　　　　　　jo.ta
（好）。　●꿈：夢　●꿔：夢見。原形꾸다（做夢）。
　　　　　　kkum　　　kkwo　　　　　　kku.da

# 豬的夢、狗的夢

　　風水是隨著民俗風情而制定的，韓國占卜是一種從古至今流傳下來的風俗，其中傳統的夢境占卜非常受到歡迎。下面列舉了幾個很著名例子，一起來看看吧！

　　首先，夢見豬是一種吉利的象徵，如果豬出現在夢裡的話，表示可以得到錢財，因此常有人在做完夢的隔天馬上跑去買彩券。同樣象徵財運的是和廁所有關的夢。

　　其它像是夢見與已經過世的人同席而坐，或夢見喝水、和父親會面，或是夫婦吵架⋯等等，都是代表幸運的徵兆；相反地，如果夢中出現狗的話，就含有不吉利的意思。我們可以把這些夢占卜當作迷信，聽聽就好，如果想相信這些有趣幽默的夢境占卜也未嘗不可。

# 助詞介紹

「는/은/를/을」是韓語助詞的一部份,而在日語中也有和這些具相同
neun/eun/reul/eul
作用的助詞。助詞可分為「複合形式」和「單一形式」,使用時要根
據前面連接的詞語是否有語尾終聲「받침」來決定。
bat.chim

● 複合形式

＊若前面連接的詞語有終聲,則需要連音。

· 「主格助詞」: 는 / 은
　　　　　　　　 neun　eun

　　＜沒有終聲的情況＞나는　　　이　팀　팬이야.
　　　　　　　　　　　 na.neun　i　tim　pae.ni.ya
　　　　　　　　　　　 我是這隊的球迷。

　　＜有終聲的情況＞화장실은　　　어디?
　　　　　　　　　　 hwa.jang.si.reun　eo.di
　　　　　　　　　　 廁所在哪裡?

　　　　　　　　＊화장실　＋　은→화장실은的發音要相連。
　　　　　　　　 hwa.jang.sil　eun　hwa.jang.si.reun

· 「受格助詞」: 를 / 을
　　　　　　　　 reul　eul

　　＜沒有終聲的情況＞요금표를　　　보여　주세요.
　　　　　　　　　　　 yo.geum.pyo.reul　bo.yeo　ju.se.yo
　　　　　　　　　　　 請給我看收據。

　　＜有終聲的情況＞일본말을　　할　줄　아세요?
　　　　　　　　　　 il.bon.ma.reul　hal　jul　a.se.yo
　　　　　　　　　　 你會說日語嗎?

　　　　　　　　＊일본말　＋　을→일본말을的發音要相連。
　　　　　　　　 il.bon.mal　eul　il.bon.ma.reul

● 單一形式

· 「在～、往～」: 에

　전람회에　　　가자.　一起去展覽會吧!
　jeon.ram.hoe.e　ga.ja

第 **3** 章

# 走吧！上街去！

真想穿一次韓服，還有試試擦澡毛巾！
兔子一上街，就拉著虎妹去嘗試一番。
加上觀光、採購、欣賞運動比賽…等等，
兩人就這樣玩遍韓國各個地方。
其中特別的是，
兔子竟覺得搭公車是一件十分棘手的事！

# 我想試穿

시착하고　싶은데요
si.chaka.go　si.peun.de.yo

請給我看一下那件韓服。
저 한복 좀 보여 주세요.
jeo han.bok jom bo.yeo ju.se.yo

我想試穿。
시착하고　싶은데요.
si.chaka.go　si.peun.de.yo

適合我嗎？
나에게 어울려?
na.e.ge　eo.ul.ryeo

對不起，我下次再來。
미안합니다. 또 오겠습니다.
mi.a.nam.ni.da,　tto　o.gess.seum.ni.da

請給我看一下那件韓服。

저 한복 좀 보여 주세요.

jeo han.bok jom bo.yeo ju.se.yo

---

我想試穿。

시착하고 싶은데요.

si.chaka.go si.peun.de.yo

---

適合我嗎？

나에게 어울려?

na.e.ge eo.ul.ryeo

---

對不起，我下次再來。

미안합니다. 또 오겠습니다.

mi.a.nam.ni.da, tto o.gess.seum.ni.da

---

單字Note

●저：那個　●한복[韓服]：韓國的傳統服裝。　●좀：稍微一
　　jeo　　　　han.bok　　　　　　　　　　　　　　　　　　jom
下。請求別人幫忙時，加在普通動詞的前面。例如：좀 써 주세요
　　　　　　　　　　　　　　　　　　　　　　　　jom sseo ju.se.yo
（請稍微寫一下給我）　●보여：讓～看　●주세요：請給（幫）
　　　　　　　　　　　　　bo.yeo　　　　　　ju.se.yo
我　●시착하고 싶은데요[試著하고 싶은데요]：我想試穿。
　　　si.chaka.go si.peun.de.yo
시착（試穿）＋하다（做）＋～고 싶다（想）　●나：我　●에게：
si.chak　　　　　ha.da　　　　　go sip.da　　　　na　　　　e.ge
對～　●어울려?：適合嗎？　●미안합니다[未安합니다]：對不
　　　　eo.ul.ryeo　　　　　　　mi.a.nam.ni.da
起。原形미안하다（對不起）　●또：再　●오겠습니다：將來。
　　　　mi.a.na.da　　　　　　　tto　　　o.gess.seum.ni.da
오다（來）＋겠表示是未來式。
o.da　　　gess

有其它的顏色嗎？

## 다른 색이 있습니까?
ta.reun　sae.gi　iss.seum.ni.kka

---

太小了。

## 너무 작습니다.
neo.mu　jak.seum.ni.da

---

可以幫我寄到日本嗎？

## 일본에 보내 주시겠습니까?
il.bo.ne　　bo.nae　ju.si.gess.seum.ni.kka

---

請和這件交換。

## 이것하고 바꿔 주세요.
i.geot.ha.go　ba.kkwo ju.se.yo

---

**單字Note**

●다른：其他　●색[色]：顏色，「其它的樣式」是다른 디자인
　da.reun　　　 saek　　　　　　　　　　　 da.reun di.ja.in
[Design]　●이：主格助詞　●있습니까？：有嗎？있다（有、在）
　　　　　　 i　　　　　　　　 iss.seum.ni.kka　　　 iss.da
●너무：太～　●작습니다：小。原形작다（小）的尊敬語尾，
　neo.mu　　　　 jak.seum.ni.da　　　 jak.da
「大」是큽니다，原形크다（大）　●일본[日本]：日本　●에：
　　　　　 keum.ni.da　　 keu.da　　　 il.bon　　　　　　　 e
在～　●보내：送。보내다（送）　●주시겠습니까？：可以幫我
　　　　 bo.nae　　　 bo.nae.da　　　　ju.si.gess.seum.ni.kka
～嗎？原形주다（送、給）　●이것：這個　●하고：和～　●바꿔
　　　　　 ju.da　　　　　　　　 i.geot　　　 ha.go　　　　 ba.kkwo
：交換。原形바꾸다（交換）　●주세요：請給我。주다（給、
　　　　　　 ba.kko.da　　　　　　 ju.se.yo　　　　　 ju.da
送）

# 時髦的改良式韓服

　　若說到韓國的傳統服飾，一定會想到「치마저고리」
（女性韓服）。這裡的「치마」指的是裙子，「저고
리」是指上衣，把這兩個字組合在一起就是「치마저고
리」。另外男生的褲子是用「바지」這個字，所以「바
지저고리」就是指男性韓服。這種韓服的構造和西洋服
飾很相似，這也是它的特徵之一。

　　而最近韓國出現了一種「改良式韓服」，既能保留
傳統韓服的特殊性，也能展現現代風格，因此受到了大
眾的喜愛。「改良式韓服」保留了傳統服飾的剪裁和外
型，採用天然素材為布料，並且以自然的顏色為主，呈
現出一種具現代感的洗練風格。

走吧！上街去！

泡菜
김치
gim.chi

人蔘茶
[人蔘茶]
인삼차
in.sam.cha

海苔
김
gim

人蔘酒
[人蔘酒]
인삼주
in.sam.ju

烤肉醬
불고기 양념
bul.go.gi　yang.nyeom

蜂蜜
꿀
kkul

辣椒巧克力
[苦椒chocolate]
고추 초콜릿
go.chu　cho.kol.rit

肥皂
비누
bi.nu

102

人偶
[人形]
인형
in.hyeong

面具
탈
tal

眼鏡
[眼鏡]
안경
an.gyeong

紫水晶項鍊
[紫水晶Pendant]
자수정 펜던트
ja.su.jeong　pen.deon.teu

手機吊飾
[攜帶Phone줄]
휴대폰 줄
hyu.dae.pon　jul

走吧！上街去！

青瓷
[青瓷]
청자
cheong.ja

包裝布
보자기
bo.ja.gi

**103**

# 加油！

힘 내라!
him nae.ra

一起去看足球比賽吧！
축구를　보러 가자!
chuk.gu.reul bo-reo ga.ja

---

兩張全票。
어른 두 장 주세요.
eo.reun du jang ju.se.yo

---

加油！
힘 내라!
him nae.ra

---

太棒了，老虎 fighters！
좋다,　도라 파이터즈!
jo.ta,　do.ra pa.i.teo.jeu

---

**單字 Note**

● 축구[蹴球]：足球。「足球場」是축구장[蹴球場] ● 를：受
　chuk.gu　　　　　　　　　　　　　chuk.gu.jang　　　reul
格助詞 ● 보러：去看～。原形보다（看） ● 가자：走吧！原
　　　　　bo.reo　　　　　　　bo.da　　　　　ga.ja
形가다（走、去） ● 어른：大人 ● 두장[두張]：兩張，是韓
　ga.da　　　　　　　eo.reun　　　du jang
語中表示數量的副詞。其他還有개[個]（～個）、병[瓶]（～
　　　　　　　　　　　　　　　　　gae　　　　　　byeong
瓶）、잔[盃]（杯）等等。 ● 주세요：請給我。原形주다（給）
　　　jan　　　　　　　　　ju.se.yo　　　　　　ju.da
● 힘：力氣、力量 ● 내라：拿出。原形내다（拿出）的半語語
　him　　　　　　　nae.ra　　　　　nae.da
尾，直譯是「拿出力量」，也就是화이팅「加油fighting」的意
　　　　　　　　　　　　　　　hwa.i.ting
思。 ● 좋다：很好、好極了
　　　jo.ta

**105**

這個位置是空的嗎？

이 자리 비어 있습니까?
i　ja.ri　bi.eo　iss.seum.ni.kka

---

現在哪一邊領先呢？

어느 쪽이 이기고 있니?
eo.neu jjo.gi　i.gi.go　　iss.ni

---

我是這隊球迷（支持者）。

나는　이 팀 팬이야.
na.neun　i　tim　pae.ni.ya

---

那個選手是誰呀？

저 선수가 누구야?
jeo　seon.su.ga　nu.gu.ya

---

●이：這個。그是「那個」（物或人離說話者較近），저也是「那
　i　　　　　　　keu　　　　　　　　　　　　jeo
個」（物或人離說話者較遠）●자리：座位 ●비어：空出。原形
　　　　　　　　　　　　　　ja.ri　　　　bi.eo
비다（空）●있습니까？：有嗎？原形있다（有、在）●어느：
bi.da　　　　iss.seum.ni.kka　　　　iss.da　　　　eo.neu
哪個 ●쪽：側、邊。어느 쪽是「哪一邊」的意思 ●이기고：領
　　　jjok　　　eo.neu jjok　　　　　　　　　　i.gi.go
先。原形이기다（贏），「落後」是지고~，原形지다（輸）
　　　　i.gi.da　　　　　　　　　ji.go　　　ji.da
●있니?：正處於～呢？（疑問語氣）。原形있다（有、在）
　iss.ni
●나：我 ●는：主格動詞 ●팀 [team]：隊 ●팬 [fan]：～迷、
　na　　neun　　　　　　tim　　　　　paen
支持者 ●이야：是～的半語語尾，原形이다（是）●저：那個
　　　　i.ya　　　　　　　　　　　　　　　　　jeo
●선수 [選手]：選手 ●누구：誰 ●야：是～呀？
　seon.su　　　　nu.gu　　　ya

# 超級流行的直排輪

　　現在韓國年輕人最流行的運動就是由輪子所組成的直排輪溜冰「In line skate」。雖然在路況複雜的街道上，比較少人從事這種運動，但是在首爾漢江沿岸的公園裡，經常可以看到許多年輕男女迅速敏捷的溜冰姿態。

　　另外，之前在漢江公園盛行的一種高人氣運動，就是運動用的腳踏車。韓國人以前只是利用腳踏車來搬運行李，很少運用在其它地方，而最近將騎腳踏車視為運動的人口正逐漸增加，尤其經常可以看到由中高年女性所組成的團體，特別穿上專用服裝來騎運動腳踏車。以前腳踏車運動幾乎多半以年輕男性為主，因此當看到女性腳踏車團體在韓國複雜的街道上來回穿梭時，不禁為她們叫好，心中深感欽佩呢！

棒球
[野球]
야구
ya.gu

柔道
[柔道]
유도
yu.do

網球
[tennis]
테니스
te.ni.seu

跆拳道
[跆拳道]
태권도
tae.gwon.do

馬拉松
[marathon]
마라톤
ma.ra.ton

劍道
[劍道]
검도
geom.do

摔角
씨름
ssi.reum

游泳
[水泳]
수영
su.yeong

足球
[蹴球]
축구
chuk.gu

滑雪
[ski]
스키
seu.ki

溜冰
[skate]
스케이트
seu.ke.i.teu

高爾夫
[golf]
골프
gol.peu

走吧！上街去！

# 心情真好！

기분 좋았다!
gi.bun  joh.ass.da

真想去看看汗蒸幕（韓式三溫暖）。
한증막에　가 보고 싶구나.
han.jeung.ma.ge  ga  bo.go  sip.gu.na

喂，想試試看搓澡嗎？
야，때밀이도 할래?
ya,  ttae.mi.ri.do  hal.rae

好啊，就這麼辦吧！
좋아，그러자!
joh.a,  geu.reo.ja

啊，心情真好！
아，기분 좋았다!
a,  gi.bun  joh.ass.da

真想去看看汗蒸幕（韓式三溫暖）。

한증막에　가 보고 싶구나.
han.jeung.ma.ge ga bo.go sip.gu.na

---

喂，想試試看搓澡嗎？

야,　때밀이도 할래?
ya, ttae.mi.ri.do hal.rae

---

好啊，就這麼辦吧！

좋아, 그러자.
joh.a, geu.reo.ja

---

啊，心情真好！

아, 기분 좋았다!
a, gi.bun joh.ass.da

單字Note

●한증막[汗蒸幕]：韓式蒸氣三溫暖　●에：在～　●가 보고
　han.jeung.mak　　　　　　　　　　　　e　　　ga bo.go
싶구나：想去看看。가（去）+보다（看）+~고 싶다（想做～）
sip.gu.na　　　　　　ga　　　bo.da　　　　　go sip.da
●야：喂！年輕人或朋友之間的呼叫，或是大人叫小孩的時候使
　ya
用。　●때밀이：搓澡　●도：也～　●할래？：要做嗎？原形하다
　　　　ttae.mi.ri　　　　do　　　　　hal.rae　　　　　　ha.da
（做）。~ㄹ래?是詢問對方的意願。　●좋아： 好啊。原形좋다
　　　　　l.rae　　　　　　　　　　　joh.a　　　　　　jo.ta
（好）　●그러자：就這麼辦。原形그러다（就這樣），「不要做
　　　　　　　　　　　　　　　　geu.reo.da
吧」是그만두자。　●기분[氣分]：心情　●좋았다：真好。原形
geu.man.du.ja　　gi.bun　　　　　　　　joh.ass.da
좋다（好）
jo.ta

111

有哪幾種行程？

코스는　몇　종류　있어요?
ko.seu.neun myeot jong.ryu i.sseo.yo

---

請給我看收據。

요금표를　　보여　주세요.
yo.geum.pyo.reul bo.yeo ju.se.yo

---

我想要預約。

예약을　하고　싶은데요.
ye.ya.geul ha.go si.peun.de.yo

---

有點痛。

좀　아파요.
jom a.pa.yo

---

單字Note

● 코스 (course)：行程　● 는：主格助詞　● 몇：幾個～　● 종
　　ko.seu　　　　　　　neun　　　　　　　myeot　　　　jong.
류[種類]：種類　● 있어요?：有～嗎？原形있다 (在、有)　●
ryu　　　　　　　　　iss.eo.yo　　　　　　　iss.da
요금표[料金表]：收據　● 를：受格助詞　● 보여：讓～看。原形
yo.geum.pyo　　　　　　　reul　　　　　　　bo.yeo
보이다 (讓～看)　● 주세요：請給我。原形주다 (給)　● 예
bo.i.da　　　　　　　ju.se.yo　　　　　　　ju.da　　　　　　ye.
약[予約]：預約　● 하고　싶은데요：想做～。하다 (做) +～고
yak　　　　　　　　　ha.go si.peun.de.yo　　　ha.da　　　　　　go
싶다 (想要)　● 좀：有點、稍微。「相當地」是꽤　● 아파요：
sip.da　　　　　　jom　　　　　　　　　　　　　　kkwae　a.pa.yo
痛。原形아프다 (痛)
　　　　　a.peu.da

# 去公共浴池放鬆一下

　　韓國觀光中不可或缺的固定行程就是搓澡，不僅是觀光客，韓國人平時也常去公共浴池作個搓澡，這可是一種最快速的元氣恢復法。不只限於觀光客，一般人不論是前往高價位的店家或是大眾化的公共浴池，都可以獲得搓澡的服務。在澡堂常常可以看到穿著褲裙（男性）和黑色短褲（女性）的搓澡人員，順應客人的要求揮動著手腕工作。

　　另外，還有一種設備更加完善的公共浴池叫做사우나（三溫暖），它在更衣室裡面附設有理髮廳，不但可以搓澡去除污垢，也可以順便修剪髮型，讓頭髮看起來更加清爽。另外還提供了休息室和擦鞋…等等的服務，顧客可以充分利用公共浴池中的一切設施。韓國的公共浴池還提供床舖讓顧客休息，也有游泳池可以游泳，這可是觀察韓國人特有生活習性的極佳場所。

sa.u.na

113

耳朵
귀
gwi

頭
머리
meo.ri

額頭
이마
i.ma

鼻子
코
ko

眼睛
눈
nun

臉
얼굴
eol.gul

臉頰
볼
bol

口
입
ip

下巴
턱
teok

脖子
목
mok

肩膀
어깨
eo.kkae

背
등
deung

胸
가슴
ga.seum

肚子
배
bae

膝蓋
무릎
mu.reup

腿、腳
발
bal

腰
허리
heo.ri

手
손
son

搓澡
때밀이
ttae.mi.ri

小黃瓜面膜
[오이Pack]
오이팩
o.i.paek

蒸氣浴
쑥찜
ssuk.jjim

拔罐
[浮黃]
부황
bu.hwang

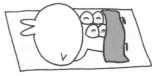

指壓
[指壓]
지압
ji.ap

挽面
솜털 뽑기
som.teol ppop.gi

走吧！上街去！

我想請問一下。
말씀 좀 묻겠습니다.
mal.sseum jom mut.gess.seum.ni.da

這班公車開到哪裡？
이 버스 어디로 갑니까?
i beo.seu eo.di.ro gam.ni.kka

開往首爾。
서울행입니다.
seo.ul.haeng.im.ni.da

糟糕，坐過站啦！
아차, 지나쳐 버렸네!
a.cha, ji.na.chyeo beo.ryeoss.ne

我想請問一下。
**말씀 좀 묻겠습니다.**
mal.sseum jom mut.gess.seum.ni.da

---

這班公車開到哪裡？
**이 버스 어디로 갑니까?**
i beo.seu eo.di.ro gam.ni.kka

---

開往首爾。
**서울행입니다.**
seo.ul.haeng.im.ni.da

---

糟糕，坐過站啦！
**아차, 지나쳐 버렸네!**
a.cha, ji.na.chyeo beo.ryeoss.ne

走吧！上街去！

●말씀：話 ●좀：稍微 ●묻겠습니다：詢問。原形묻다（問）
mal.sseum jom mut.gess.seum.ni.da mut.da
●이：這個 ●버스：公車（bus） ●어디：哪裡 ●로：往～
i beo.seu eo.di ro
갑니까？：去～呢？原形가다（去） ●서울：首爾 ●행 [行]：
gam.ni.kka ga.da seo.ul haeng
往～去（某個地點）。「目的地」是행선지[先行地] ●입니다：
haeng.seon.ji im.ni.da
是。原形이다（是） ●아차：糟糕 ●지나쳐 버렸네：坐過站
a.cha ji.na.chyeo beo.ryeoss.ne
了。지나치다（超過）+어 버리다（～了），直譯是「超過了～」的
ji.na.chi.da eo beo.ri.da
意思。

下車。
내립니다.
nae.rim.ni.da

---

請幫我叫計程車。
택시를 불러 주세요.
taek.si.reul bul.reo ju.se.yo

---

我想去這裡。（給別人看筆記時）
여기에 가고 싶은데요.
yeo.gi.e　ga.go　si.peun.de.yo

---

我迷路了。
길을 잃어 버렸는데요.
ki.reul　i.reo　beo.ryeoss.neun.de.yo

---

●내립니다：下車、下降。原形내리다（下車、下降），「搭
　nae.rim.ni.da　　　　　　　　　nae.ri.da
乘」是탑니다。　●택시「taxi」：計程車　●를：受格助詞　●
　　　tam.ni.da　　taek.si　　　　　　　　　　　reul
불러：叫。原形부르다（叫）　●주세요：請給我。原形주다
bul.reo　　　　　　　　　　　　ju.se.yo　　　　　　　　ju.da
（給）　●여기：這裡　●에：在～　●가고 싶은데요：想去～。
　　　　　yeo.gi　　　　e　　　　ga.go si.peun.de.yo
原形가다（去）+～고 싶다（想要～）　●길：路　●잃어버렸
　　ga.da　　　go sip.da　　　　　　gil　　　i.reo beo.ryeoss
는데요：迷失了、失去了。原形잃다（迷失）+～어버리다（～
neun.de.yo　　　　　　　　　il.ta　　　　　　eo.beo.ri.da
了），直譯是「迷失道路」，也就是迷路的意思。

# 外國人的門檻比較高？
# 韓國的市內公車

　　「交通費用很便宜」可說是韓國的魅力之一。搭乘一般的公車是最能接近韓國市民的交通方法，只要花一千韓圜（台幣不到三十元）的車費，就能瀏覽首爾市內的任何地方。因為首爾市具有非常複雜的路線網，可以將市區各地連接起來。

　　可惜的是，韓國的路線圖、車牌，還有車內的廣播全部都是使用韓語，公車還會停留在路線圖上找不到的地方，所以對於市區地理位置不太熟悉的人，就會覺得搭公車是一件很難的事。除此之外，韓國的公車不一定會剛好停在站牌前面，所以有時會看到乘客不固定在站牌前上車，而是跑向公車停下來的位置，這可是當地非常獨特的景象。一旦習慣了這種方式的話，公車就會成為在市區內移動最有力的幫手，所以有機會一定要挑戰一下搭乘韓國的公車。

走吧！上街去！

119

車站
[驛]
역
yeok

電車
[電鐵]
전철
jeon.cheol

平交道
건널목
geon.neol.mok

計程車
[taxi]
택시
taek.si

停車場
[駐車場]
주차장
ju.cha.jang

腳踏車
[自轉車]
자전거
ja.jeon.geo

汽車
[車]
차
cha

紅綠燈
[信號]
신호
sin.ho

人行道
[步道]
보도
bo.do

十字路口
[四거리]
사거리
sa.geo.ri

斑馬線
[橫斷步道]
횡단보도
hoeng.dan.bo.do

車道
[車道]
차도
cha.do

教會
[教會]
교회
gyo.hoe

公寓
[apart(ment)]
아파트
a.pa.teu

醫院
[病院]
병원
byeong.won

店面
[商家]
상가
sang.ga

公車站牌
[bus]
버스 정류장
beo.seu jeong.ryu.jang

學校
[學校]
학교
hak.gyo

公車
[bus]
버스
beo.seu

公園
[公園]
공원
gong.won

橋
다리
da.ri

走吧！上街去！

# 可以幫我們照相嗎？

사진 찍어 주실래요?
sa.jin　jji.geo　ju.sil.rae.yo

那座山叫什麼名字呢？
저 산 이름이 뭐야?
jeo san i.reu.mi　mwo.ya

是漢拏山。
한라산이야.
han.ra.sa.ni.ya

景色真美呢！
아름다운　경치네!
a.reum.da.wun gyeong.chi.ne

可以幫我們照相嗎？
사진 찍어 주실래요?
sa.jin　jji.geo　ju.sil.rae.yo

那座山叫什麼名字呢？

저 산 이름이 뭐야?

jeo　san　i.reu.mi　mwo.ya

---

是漢拏山。

한라산이야.

han.ra.sa.ni.ya

---

景色真美呢！

아름다운　경치네!

a.reum.da.wun gyeong.chi.ne

---

可以幫我們照相嗎？

사진 찍어 주실래요?

sa.jin　jji.geo　ju.sil.rae.yo

走吧！上街去！

●저：那個 ●산[山]：山 ●이름：名字 ●이：主格助詞 ●
jeo　　　　san　　　　i.reum　　　　i
뭐：什麼？무엇（什麼）的縮寫 ●야？：～呢？ ●한라산[漢
mwo　　mu.eot　　　　　　　　　　han.ra.san
拏山]：漢拏山。這座山位於재 주 도（濟州島）的中央位置，高
　　　　　　　　　　　　jae.ju.do
度1950公尺。 ●야：～啊！原形이다（是） ●아름다운：美麗
　　　　　　ya　　　　　　i.da　　　　a.reum.da.wun
的。原形아름답다（美麗） ●경치[景致]：景緻、景色 ●네：
　　a.reum.dap.da　　　gyeong.chi　　　　　　　　ne
～呢！ ●사진[寫真]：照片 ●찍어：拍照。原形찍다（拍照）
　　　　sa.jin　　　　　jji.go　　　　　　jjik.da
●주실래요?：可以幫我～嗎？原形주다（幫、給）
ju.sil.rae.yo?　　　　　　　　　　ju.da

123

請給我介紹手冊。

펌플렛을　　주세요.
poem.peul.re.seul　ju.se.yo

---

入場費多少錢？

입장료가 얼마죠?
ip.jang.ryo.ga eol.ma.jyo

---

有觀光巴士嗎？

관광버스가　　있습니까?
kwan.gwang.beo.seu.ga iss.seum.ni.kka

---

板門店離這裡很近嗎？

판문점은　　여기서　가깝습니까?
pan.mun.jeo.meun yeo.gi.seo ga.kkap.seum.ni.kka

---

●펌플렛：小冊子（＝pamphlet） ●을：受格助詞 ●주세요：
poem.peul.ret　　　　　　　　eul　　　　　　ju.se.yo
請給我 ●입장료[入場料]：入場費 ●가：主格助詞 ●얼마：多
　　　ip.jang.ryo　　　　　　　ga　　　　　eol.ma
少 ●죠?：是～？지요?（是～嗎？）的縮寫。 ●관광[觀光]：
　　jyo　　　　ji.yo　　　　　　　　　　　gwan.gwang
觀光 ●버스（bus）：巴士、公車 ●있습니까?：有～嗎？ ●판
　　　beo.seu　　　　　　　　iss.seum.ni.kka　　　　pan.
문점[板門店]：板門店。位在朝鮮半島南北韓的軍事分界線上，設
mun.jeom
有軍事停戰委員會的會議廳。 ●은：主格助詞 ●여기：這裡 ●
　　　　　　　　　　　　　　eun　　　　　　yeo.gi
서：從～。에서（從～）的縮寫。 ●가깝습니까?：近嗎？「遠
seo　　　　　　　　　　　　ga.kkap.seum.ni.kka
嗎??」是멉니까?
　　　meom.ni.kka

# 拍照按快門時說「一、二、三，泡菜」！？

一般拍照時都會說些提示語來集中被攝者的注意力。較特別的提示語像日本有：「看這邊，說Cheese！」但實際上個性拘謹的日本人，很少會真的這麼說。而韓國人在按下快門前，也會用幾個常用字來提醒。

首先「cheese」的韓國版就是「김치」（泡菜），因
<sub>gim.chi</sub>
為這個字在發音時是將嘴唇往兩側伸展，自然露出微笑的嘴形。但實際上韓國人在拍照時也很少有人會真的唸出這個字，就像是要求日本人在拍照時說「cheese」一樣，會感到很彆扭、不太自然。

其實韓國人在拍照時最常用的字是「一、二、三」，韓語是「하나、둘、셋」，這是最讓人感到自然又不彆
<sub>ha.na　dul　set</sub>
扭的字。如果在韓國旅行時剛好要請韓國人幫忙照相的話，他們在按下快門前一定會向觀光客說這幾個字。有機會的話，不妨也試著說看看吧。

走吧！上街去！

**125**

門票
[ticket]
티킷
ti.kit

美術館
[美術館]
미술관
mi.sul.gwan

觀光詢問處
[觀光案內所]
관광 　안내소
gwan.gwang　an.nae.so

地圖
[地圖]
지도
ji.do

博物館
[博物館]
박물관
bang.mul.gwan

劇場
[劇場]
극장
geuk.jang

廟、寺院
절
jeol

數位相機
[digital camera]
디지털 카메라
di.ji.teol ka.me.ra

照片
사진
sa.jin

攝影機
[video]
비디오
bi.di.o

介紹手冊
[pamphlet]
펌플렛
poem.peul.ret

紀念品商店、土產店
[紀念品假家]
기념품 가게
gi.nyeom.pum ga.ge

繪畫明信片
[그림葉書]
그림 엽서
geu.rim yeop.seo

飯店
[hotel]
호텔
ho.tel

租用車
[rental car]
렌터카
ren.teo.ka

入口
[入口]
입구
ip.gu

出口
[出口]
출구
chul.gu

127

# 縮 寫

韓語中常有縮短語句的習慣，也就是所謂的「縮寫」。

## ●「用言」語尾變化的縮寫

用言쓰다（寫）若以해요（簡單的尊敬語尾）作為語尾，就寫成써요
　　　sseu.da　　　　　hae.yo　　　　　　　　　　　　　　　　sseo.yo
（寫）。請參考下面的說明和例句。

　쓰 ＋ 어요 → 쓰어요.　　써요.
　sseu　 eo.yo　 sseu.eo.yo　　sseo.yo

先把原形쓰다中的다去掉，語尾加上어요。再把쓰和어合併縮寫成
　　　　　　sseu.da　 da　　　　　　　　eo.yo　　　 sseu eo
써，所以成為써요。
sseo　　　　sseo.yo

## ●「名詞＋助詞」的縮寫

在一般會話中，經常會使用縮寫，這是為了使語句的發音更為流暢。

　＜例＞ 나（我）＋ 는（主格助詞）→ 난（我）
　　　　　na　　　　　　neun　　　　　　　　nan

　　　　나是名詞，는是助詞，兩者連接時，先將는去掉ㄴ，把剩下
　　　　na　　　 neun　　　　　　　　　　　 neun　 neu
　　　　的終聲ㄴ加在나的下面，縮寫成난。
　　　　　　　 n　 na　　　　　　　　 nan

＊以下是本章中出現的縮寫。

　＜例＞ 너（你）＋ 는（主格助詞）→ 넌
　　　　　neo　　　　　 neun　　　　　　　　 neon

　　　　이것（這個）＋ 은（主格助詞）→ 이건
　　　　i.geot　　　　　　 eun　　　　　　　　　 i.geon

　　　　나（我）＋ 의（的）→ 내
　　　　na　　　　　 ui　　　　　 nae

　　　　여기（這裡）＋ 에서（在～）→ 여기서
　　　　yeo.gi　　　　　 e.seo　　　　　　 yeo.gi.seo

　　　　무엇（什麼）＋ 을（受格助詞）→ 뭘
　　　　mu.eot　　　　　 eul　　　　　　　　 mwol

# 第 **4** 章

# 大快朵頤吧！

旅行當中最快樂的事情就是享受當地美食了，

美味的特色料理尤其令人著迷！

儼然已成為韓國通的兔子，

在買土產時不但已經學會要殺價，

更被「酒國英雄」虎妹給狠狠灌醉後還要續攤...。

# 肚子餓了

배 고파
pae go.pa

肚子餓了。

배 고파.

pae go.pa

---

已經是午餐時間了。

점심시간이네.

jeom.sim.si.ga.ni.ne

---

你想吃什麼呀？

뭐　　먹고　　싶어?

mwo　meok.go　si.peo

---

我想吃石鍋拌飯！

비빔밥이　먹고　　싶어!

pi.bim.ba.bi　meok.go　si.peo

**單字Note**

●배：肚子　●고파：餓、空。原形고프다(肚子餓的半語語
　bae　　　　go.pa　　　　　　　　　　go.peu.da
尾。) ●점심[點心]：午餐。後面省略밥（飯）這個字。「早
　　　　jeom.sim　　　　　　　　　　　bap
餐」아침 (밥)、「晚餐」저녁 (밥) ●시간[時間]：時間
　　　a.chim　bap　　　jeo.nyeok bap　　si.gan
●이네：是～呢。原形이다 (是)　　●뭐：什麼。무엇的縮寫
　i.ne　　　　　　　i.da　　　　mwo　　mu.eot
形，後省略助詞를。●먹고　싶어?：想吃嗎？먹다 (吃) +～
　　　　　　reul　meok.go si.peo　　　　meok.da
고 싶다 (想要～)) ●비빔밥：石鍋拌飯。비빔 (拌、混合) +
go sip.da　　　bi.bim.bap　　　　bi.bim
밥 (飯)　●이：助詞
bap　　　i

肚子好飽。

배 불러.

pae bul.reo

---

飯和麵包，你喜歡哪一種？

밥하고 빵, 어느 쪽이 좋아?

pap.ha.go ppang, eo.neu jjo.gi　joh.a

---

今晚的菜色是什麼？

오늘 저녁　반찬이 뭔데?

o.neul　jeo.nyeok ban.cha.ni mwon.de

---

要去外面吃嗎？

밖에 먹으러　갈까?

pa.kke　meo.geu.reo gal.kka

---

單字Note

●배：肚子　●불러：飽、滿。敬語則在後面加上요。原形부르
　bae　　　　bul.reo　　　　　　　　　　　　　　yo　　bu.reu.
다（肚子）飽了。　●밥：飯 ●하고：和 ●빵：麵包 ●어느：
da　　　　　　　bap　　　　ha.go　　　　ppang　　　　eo.neu
哪個　●쪽： 邊、側。어느 쪽是「哪一邊」的意思。　●이：受
　　　　jjok　　　　　　　eo.neu jjok
格助詞　●좋아？：好嗎？原形좋다（好）　●오늘：今天 ●저
　　i　　　joh.a　　　　　　　jo.ta　　　　　o.neul　　　jeo.
녁：傍晚。오늘 저녁是「今晚」的意思。　●반찬[飯饌]：菜餚
nyeok　　o.neul jeo.nyeok　　　　　　　　　ban.chan
●뭔데？：是什麼？　●밖：外面 ●에：在～ ●먹으러：去吃。
　mwon.de　　　　　　　bakk　　　e　　　　　meo.geu.reo
原形먹다（吃）　●갈까？：去嗎？原形가다（去）
　　meok.da　　　　gal.kka　　　　　　　ga.da

132

# 「吃過飯了嗎？」韓式招呼語

　　通常韓國人在外面遇到熟人時，打招呼的方式是問對方「吃過飯了嗎？」來代替問候語。這點和台灣的習慣很相近。而對於日本人來說，這句話聽起來像是「對方邀請我一起用餐」，因此會感到有點難以回答。但這句話只是韓國人用來打招呼的習慣用法，所以回答時只要說「是的，我已經吃過了。」就可以了。

　　如果對方是在下午四點左右問這句話，會讓人搞不清楚對方問的是吃過午餐還是晚餐。其實這種問句不是真的想弄清楚你有沒有吃飯，或是吃了哪一餐，所以不必煩惱怎麼回答。有人說這種問句是源自於韓國很貧困的年代，當時因為沒有足夠的糧食，所以人與人見面時，藉由詢問對方有沒有吃飯來表示關心和善意，即使現在韓國已經比過去富足許多，韓國人見面時還是習慣用這種問句來打招呼，這可說是一種語言文化的傳承。

大快朵頤吧！

豬肉
돼지고기
dwae.ji.go.gi

牛肉
쇠고기
soe.go.gi

雞肉
닭고기
dalk.go.gi

雞蛋
[雞卵]
계란
gye.ran

墨魚
오징어
o.jing.eo

章魚
낙지
nak.ji

螃蟹
게
ge

海瓜子
모시조개
mo.si.jo.gae

洋蔥
[洋파]
양파
yang.pa

馬鈴薯
감자
gam.ja

海帶
미역
mi.yeok

蔥
파
pa

紅蘿蔔
당근
dang.geun

白菜
배추
bae.chu

小黃瓜
오이
o.i

白蘿蔔
무
mu

青椒
[法 piment]
피망
pi.mang

韭菜
부추
bu.chu

豆芽
콩나물
kong.na.mul

高麗菜
[洋배추]
양배추
yang.bae.chu

蒜
마늘
ma.neul

辣椒
[苦椒]
고추
go.chu

蕃茄
[tomato]
토마토
to.ma.to

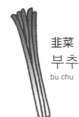

香菇
버섯
beo.seot

草莓
딸기
ttal.gi

柑橘
[橘]
귤
gyul

香蕉
[banana]
바나나
ba.na.na

蘋果
[沙果]
사과
sa.gwa

梨
배
bae

# 請給我菜單

메뉴 좀 보여 주세요
me.nyu jom bo.yeo ju.se.yo

請給我菜單。

# 메뉴  좀  보여  주세요.
me.nyu  jom  bo.yeo  ju.se.yo

---

要點什麼呢？

# 뭘  시키지?
mwol  si.ki.ji

---

請給我這個。（指著菜單）

# 이거  주세요.
i.geo  ju.se.yo

---

請給我兩杯水。

# 물  두  잔  주세요.
mul  du  jan  ju.se.yo

---

**單字Note**

●메뉴（menu）：菜單  ●좀：稍微。用於拜託別人的句型時，放
　me.nyu　　　　　　　　jom
在動詞前面。　●보여：讓～看。原形보이다（讓～看）
　　　　　　　　bo.yeo　　　　　　　bo.i.da
●주세요：請給。原形주다（給）　●뭘：什麼。무엇（什麼）
　ju.se.yo　　　　　　ju.da　　　　　mwol　　mu.eot
＋을（主格助詞）的縮寫。　●시키지？：點～呢？。原形시키다
　eul　　　　　　　　　　　si.ki.ji　　　　　　　si.ki.da
（點菜）●이거：這個。이것的縮寫，後省略助詞를。　●물：
　　　　　i.geo　　　　i.geot　　　　　　　　reul　　mul
水　●두 잔[두 盃]：兩杯
　　　du jan

137

請幫我安排非吸煙區。

금연석으로　해 주세요.
keu.myeon.seo.geu.ro  hae  ju.se.yo

---

這是什麼料理？

이건 어떤　요리예요?
i.geon  eo.tteon  yo.ri.ye.yo

---

請幫我結帳。

계산해　주세요.
kye.sa.nae  ju.se.yo

---

可以使用信用卡嗎？

카드 쓸　수 있어요?
ka.deu  sseul  su  i.sseo.yo

---

單字 Note

● 금연석[禁煙席]：禁菸區。「吸煙區」則是 흡연석[吸煙席]
　geu.myeon.seok　　　　　　　　　　　　　heu.byeon.seok
● 으로：往～　● 해：做～。原形 하다（做）　● 주세요：請給
　eu.ro　　　　　hae　　　　　　　ha.da　　　　　　ju.se.yo
我。原形 주다（給）　● 이건：這個。이것（這個）＋ 은（主格
　　　　　ju.da　　　　　i.geon　　　i.geot　　　　　　eun
助詞）的縮寫。　● 어떤：什麼樣的　● 요리[料理]：料理　● 예
　　　　　　　　　　eo.tteon　　　　　　yo.ri　　　　　　ye
요?：是～呢？原形 이다（是）　● 계산[計算]：結帳。直譯則為
.yo　　　　　　　　i.da　　　　　gye.san
「請結算」。　● 카드[card]：信用卡　● 쓸 수 있어요?：可以
　　　　　　　　　ka.deu　　　　　　　　sseul su  i.sseo.yo
使用～嗎？쓰다（使用）＋ ㄹ 수 있어요?（可以～嗎？）
　　　　　sseu.da　　　　　ㄹ  su  i.sseo.yo

138

# 令人驚奇的平民餐廳待客之道

在韓國的外食文化中,最值得一去的就是平民式的餐廳了。不但每家平民餐廳都有自己特有的美食風味,餐廳服務更是一絕。

首先,餐桌上會出現令外國人大吃一驚的廁所用捲筒衛生紙。走進韓國式平民餐廳,經常會看到每張桌子上都放著捲筒式衛生紙,用來代替一般的抽取式面紙。當客人就座之後,在開始點菜之前,店家會端來一瓶瓶口已打開的保特瓶礦泉水給客人。礦泉水是用商用大容量的礦泉水再分裝至小保特瓶中送給客人。

除此之外,餐廳工作人員有時也會和客人坐在同一桌吃著伙食,這可是在韓國餐廳才會出現的獨特平民化生活光景。

大快朵頤吧!

**韓式烤肉**
불고기
bul.go.gi

**涼拌生牛肉**
[肉膾]
육회
yu.koe

**泡菜鍋**
김치찌개
gim.chi.jji.gae

**肉湯**
[곰湯]
곰탕
gom.tang

**螃蟹鍋**
[꽃게湯]
꽃게탕
kkot.ge.tang

**湯泡飯**
[국飯]
국밥
guk.bap

**紅豆粥**
[팥粥]
팥죽
pat.juk

**冷麵**
[冷麵]
냉면
naeng.myeon

**刀削麵**
칼국수
kal.guk.su

**蔘雞湯**
[蔘雞湯]
삼계탕
sam.gye.tang

**炸醬麵**
[炸醬麵]
짜장면
jja.jang.myeon

**辣年糕**
떡볶이
tteok.bo.gi

**黑輪**
오뎅
o.deng

**水餃**
[饅頭]
만두
man.du

**鯛魚燒**
붕어빵
bung.eo.ppang

**煎餅**
[煎]
전
jeon

**蘿蔔泡菜**
깍두기
kkak.du.gi

**白菜泡菜**
배추김치
bae.chu.gim.chi

**小黃瓜泡菜**
오이소박이
o.i.so.ba.gi

**明太子** (醃鱈魚子)
[明卵젓]
명란젓
myeong.ran.jeot

**芝麻葉**
상추
sang.chu

**韓國式壽司**
[김飯]
김밥
gim.bap

大快朶頤吧！

141

# 好吃！

맛있어!
ma.si.sseo

**味道如何呀？**

맛이 어때?
ma.si　eo.ttae

---

**喔，好辣！**

어, 매워!
eo,　mae wo

---

**但是很好吃喔！**

하지만 맛있어!
ha.ji.man　ma.si.sseo

---

**吃太多了啦。**

너무 많이 먹었다.
neo.mu ma.ni　meo.geoss.da

大快朵頤吧！

---

單字Note

●맛：味道 ●이：主格助詞 ●어때？：如何？後面加上요就是
　mat　　　　　 i　　　　　　 eo.ttae　　　　　　　　　　 yo
尊敬語尾。原形어떻다（如何）　●어：喔！ ●매워：辣。原形
　　　　　　　　eo.tteo.ta　　　　　　 eo　　　　　mae.wo
맵다（辣）　●하지만：但是 ●맛있어：好吃。原形맛있다（好
maep.da　　　 ha.ji.man　　　 ma.si.sseo　　　　　　 ma.siss.da
吃），「難吃」是맛없어，原形맛없다（難吃）　●너무：太、
　　　　　　　ma.teop.seo　　 ma.teop.da　　　　　　 neo.mu
非常 ●많이：很多 ●먹었다：吃了。原形먹다（吃）
　　　　 ma.ni　　　　 meo.geoss.da　　　　　 meok.da

143

我要開動了。

**잘 먹겠습니다.**

jal　meok.gess.seum.ni.da

---

我吃飽了。

**잘 먹었습니다.**

jal　meo.geoss.seum.ni.da

---

在這裡吃（內用）。

**여기서 먹겠어요.**

yeo.gi.seo meok.ge.sseo.yo

---

請幫我打包（外帶）。

**싸 주세요.**

ssa ju.se.yo

---

單字Note

●잘：好好地、大大地　●먹겠습니다：將要吃。是一種表現
　jal　　　　　　　　　 meok.gess.seum.ni.da
「吃」的動作。原形먹다（吃），在本文中直譯為「將要好好地
　　　　　　　 meok.da
吃」。　●먹었습니다：吃飽了。本文中直譯為「大大地享用了」
　　　　　　meo.geoss.seum.ni.da
●여기서：在這裡。여기（這裡）＋에서（在～）的縮寫。　●
　yeo.gi.seo　　　　 yeo.gi　　　　　e.seo
먹겠어요：將要～吃，和먹겠습니다的意思相同，前者屬於語氣
meok.ge.sseo.yo　　 meok.gess.seum.ni.da
較柔和的普通尊敬語尾。　●싸：打包。原形싸다（包），本文中
　　　　　　　　　　　　　 saa　　　　 ssa.da
直譯為「請打包」。

144

# 韓式小菜——不知不覺吃太多？

若提到韓國的國民料理，第一個想到的一定是泡菜。泡菜不但具有高營養價值，而且料理的變化也很豐富，是韓國人日常生活中的必備食物。

不僅是平民餐廳，泡菜在韓國所有的餐廳都是免費供應的，不論客人點的是什麼菜，或是有沒有點泡菜，泡菜一定會出現在客人的餐桌上，就算一直追加泡菜，餐廳也不會另外收費。

如果點韓式定食的話，除了泡菜之外，其它小菜也會用類似日式小碟子的餐盤一盤盤地列在餐桌上，其中多以蔬菜漬、醃漬白蘿蔔、還有蔬菜和魚所燉煮的小菜為主。為了避免在主菜送來之前，一下子吃太多小菜，而把肚子撐飽了，客人可以根據自己的食量，先跟餐廳服務生討論小菜的種類和份量。

大快朵頤吧！

醬油
[간醬]
간장
gan.jang

鹽
소금
so.geum

醃魚肉
젓갈
jeot.gal

韓式味噌
[된醬]
된장
doen.jang

鹹
짜다
jja.da

辣椒粉
[苦椒가루]
고춧가루
go.chut.ga.ru

韓式調味醬
（含有辣椒、大蒜）
[양념醬]
양념장
yang.nyeom.jang

辣
맵다
maep.da

辣椒醬
[苦椒醬]
고추장
go.chu.jang

砂糖
[雪糖]
설탕
seol.tang

甜
달다
dal.da

醋
[食醋]
식초
sik.cho

酸
시다
si.da

芝麻油
참기름
cham.gi.reum

油膩
느끼하다
neu.kki.ha.da

胡椒
[胡椒]
후추
hu.chu

苦
쓰다
sseu.da

生薑
[生薑]
생강
saeng.gang

大快朵頤吧！

## 請算便宜一點

좀 깎아 주세요
jom kka.kka ju.se.yo

這個海苔一份要多少錢？
이 김 하나에 얼마예요?
i gim ha.na.e eol.ma.ye.yo

1萬韓幣！

好貴！
비싸다!
pi.ssa.da

拜託算便宜一點。
좀 깎아 주세요.
jom kka.kka ju.se.yo

算了。
됐어요.
twae.sseo.yo

十份算你五萬韓幣！

這個海苔一份要多少錢？

이 김 하나에 얼마예요?
i　gim　ha.na.e　　eol.ma.ye.yo

---

好貴！

비싸다！
pi.ssa.da

---

拜託算便宜一點。

좀 깎아 주세요.
jom　kka.kka　ju.se.yo

---

算了。

됐어요.
twae.sseo.yo

大快朵頤吧！

●이：這個　●김：海苔　●하나：一個　●에：在、有～、～
i　　　　　gim　　　　ha.na　　　　e
份，表示單位。　●얼마：多少　●예요？：是～呢？原形이다
　　　　　　　　　　eol.ma　　　　ye.yo　　　　　　　　i.da
（是）　●비 싸다：貴。便宜是싸다。　●좀：稍微　●깎아：
　　　　　bi.ssa.da　　　　　ssa.da　　　jom　　　　　kka.kka
價錢少算點。原形깎다（削價）　●주세요：請給我。原形주다
　　　　　　　　kkakk.da　　　　　ju.se.yo　　　　　　　ju.da
（給）●됐어요：算了、不用了（=No, thank you.）原形되다
　　　　twae.sseo.yo　　　　　　　　　　　　　　　　doe.da
（可以）

149

拜託免費送我一個吧。

한　개　서비스해　　주세요.
han　gae　seo.bi.seu.hae　ju.se.yo

---

可以用手拿拿看嗎？

손에　들어　봐도　돼요?
so.ne　deu.reo　bwa.do　dwae.yo

---

如果買三個要多少錢？

세　개　사면　얼마예요?
se　gae　sa.myeon　eol.ma.ye.yo

---

我會再來光顧的。（購物結束準備離開時）

다시　오겠습니다.
ta.si　o.gess.seum.ni.da

---

單字 Note

● 한 개[한個]：一個　● 서비스[service]：免費贈送。　● 해：
　　han gae han　　　　　　　seo.bi.seu　　　　　　　　　　hae
做～　● 주세요：請給我。原形주다（給）　● 손：手　● 에：在
　　　　ju.se.yo　　　　　　　　　ju.da　　　　　　son　　　e
～　● 들어：拿、提。原形들다（用手拿）　● 봐도：看～也。原
　　　deu.reo　　　　　　　deul.da　　　　　　　bwa.do
形보다（看）　● 돼요?：可以嗎？原形되다（可以）　● 세 개[
　　bo.da　　　　　dwae.yo　　　　　　　　doe.da　　　　　se gae
세個]：三個　● 사면：如果買～。原形사다（買）　● 얼마：多
se　　　　　　　sa.myeon　　　　　　　　　sa.da　　　　　　eol.ma
少（錢）　● 예요?：是～呢？原形이다（是）　● 다시：再次
　　　　　　ye.yo　　　　　　　　　i.da　　　　　　da.si
● 오겠습니다：來（未來式）。原形오다（來）
　o.gess.seum.ni.da　　　　　　　　　　o.da

# 殺價很重要

「在韓國購物時，殺價是第一要件！」大部分的旅遊手冊上都會這麼寫。但是，別忘了對手可是身經百戰的精明商人，單單只是說一句「拜託算便宜一點」，老闆可能馬上就會回答「已經是折扣價了！」或是「這已經是虧本生意了！」。

這時最好的辦法就是採取「人情攻勢」，譬如說：「我好不容易出國來這裡玩，想買個東西送給故鄉的爺爺當作禮物」…等等，試著用「向對方傾訴心情」的方式會比較有效。這種殺價方式的重點，就是將精明的店家引入以自己為主的話題。就算是一開始態度很強硬的店員，最後說不定也會笑著說：「真是沒辦法呀！」而給你一些折扣唷！

大快朵頤吧！

一百元韓幣
백　원
baek　won

六百三十元韓幣
육백　삼십　원
yuk.baek　sam.sip　won

一萬二千元韓幣
만　이천　원
man　i.cheon　won

四十七萬元韓幣
사십　칠만　원
sa.sip　chil.man　won

三千五百元韓幣
삼천　오백　원
sam.cheon　o.baek　won

大快朵頤吧！

153

# 乾杯！

건배!
keon.bae

154

請給我兩杯小米酒。

막걸리　두　잔　주세요.
mak.geol.ri　du　jan　ju.se.yo

---

乾杯！

건배!
keon.bae

---

再去另一家吧！

한　집　더　가자!
han　jip　deo　ga.ja

---

我不能再喝了啦。

이젠　못　마셔.
i.jen　mot　ma.syeo

単字 Note

●막걸리：韓國小米酒，也就是탁주[濁酒]。　●두　잔[두盃]：
　mak.geol.ri　　　　　　　　　　　　tak.ju　　　　　　　du　jan
兩杯　●주세요：請給我。原形주다（給）　●건배[乾杯]：乾杯
　　　　ju.se.yo　　　　　　　　ju.da　　　　　　geon.bae
●한：一　●집：家、店　●더：更加、再　●가자：去吧。原形
　han　　　jip　　　　　deo　　　　　　ga.ja
가다（去）　●이젠：現在。이제（現在）＋는（主格助詞）的
ga.da　　　　　i.jen　　　　i.je　　　　　　neun
縮寫　●못　마셔：不能喝。못（不能）、마셔（喝）。原形마시
　　　　mot ma.syeo　　　　　mot　　　　ma.syeo　　　　ma.si.
다（喝）
da

一起去吃路邊攤吧。

포장마차에 갑시다.
po.jang.ma.cha.e gap.si.da

___

請給我（和他）一樣的東西。

나한테도 같은 걸 주세요.
na.han.te.do ga.teun geol ju.se.yo

___

請再給我一杯。

한 잔 더 주세요.
han jan deo ju.se.yo

___

我不會喝酒。

저는 술을 못 마셔요.
jeo.neun su.reul mot ma.syeo.yo

●포장마차[布帳馬車]：路邊攤 ●에：在～ ●갑시다：一起去
po.jang.ma.cha　　　　　　　　　　e　　　　　gap.si.da
吧。（勸誘語氣）　●나：我。若對方是長輩則要謙稱저（我）。
　　　　　　　　　　na　　　　　　　　　　　　　jeo
●한테：對於～人、在～人。對於物品和場所則用에。 ●도：
han.te　　　　　　　　　　　　　　　　　　　　　　　　do
也～ ●같은： 相同的 ●걸：東西。것（東西）＋을（受格助
　　　　ga.teun　　　　geol　　geot　　　　eul
詞）的縮寫 ●주세요：請給我 ●한 잔[한盃]：一杯 ●더：再
　　　　　　　ju.se.yo　　　　han jan jan　　　　　deo
●는：主格助詞 ●술：酒 ●을：受格助詞 ●못 마셔요：不能
neun　　　　　sul　　　eul　　　　　　　mot ma.syeo.yo
喝、不會喝。못～表示不能、不會。마셔요（喝）的原形是마시
　　　　　　　mot　　　　　　　　　ma.syeo.yo　　　　　　　ma.si.
다（喝），語尾加上요是較簡單的尊敬語尾。
da　　　　　yo

**156**

# 豪飲酒國 從晚上喝到翌晨

　　韓國的連續劇中，經常會出現人們喝得爛醉的鏡頭。或許是由於劇情需要，但實際上，非常喜歡喝酒、甚至喝到完全醉倒為止的韓國人還不少。不論是高級酒吧，或是街道上用塑膠棚子搭起的路邊攤，每天都可以看到許多喝醉的客人大聲地喧嘩吵鬧。

　　韓國人的喝酒方式是：先去燒肉店之類的地方飽足一番，之後不斷地喝酒續攤，能喝多少就喝多少。譬如像是跟燒肉很配的燒酒、啤酒或威士忌…等等，有賣什麼就喝什麼，一律來者不拒，所以才會出現一種叫作「炸彈酒」的喝法，就是把燒酒或威士忌加入啤酒中一起喝，這是後勁很強的豪飲方法。

大快朵頤吧！

157

麥茶
[보리茶]
보리차
bo.ri.cha

紅茶
[紅茶]
홍차
hong.cha

咖啡
[coffee]
커피
keo.pi

柚子茶
[袖子茶]
유자차
yu.ja.cha

韓式酒釀
[食醯]
식혜
sik.hye

柳橙汁
[orange juice]
오렌지 주스
o.ren.ji    ju.seu

蜂蜜茶
[꿀차]
꿀차
kkul.cha

牛奶
우유
u.yu

啤酒
[麥酒]
맥주
maek.ju

燒酒
[燒酒]
소주
so.ju

威士忌
[whiskey]
위스키
wi.seu.ki

浮蟻酒
동동주
dong.dong.ju

※味似甜酒釀、小米酒。因為此酒
有類似酒釀之米粒飄浮其上，很
像浮蟻飄浮在水上，所以被稱為
「浮蟻酒」，也有音譯為「東東
酒」。

紅酒
[wine]
와인
wa.in

韓式小米酒
막걸리
mak.geol.ri

雞尾酒
[cocktail]
칵테일
kak.te.il

大快朵頤吧！

**159**

國家圖書館出版品預行編目資料

莎郎嘿喲！韓語／株式会社池田書店著；
張亞薇‧袁君琁譯．－初版．－
臺北市　：笛藤，2006[民95]
面　；　公分
ISBN：978-957-710-468-7（平裝附光碟）
1. 韓國語言－會話　2. 韓國語言－詞彙

803.288　　　　　　　　　　95013720

監修：李清一
原著作者名：株式会社池田書店
原著書名：アンニョンハセヨ！韓国語
ANNYONHASEYO! KANKOKUGO
ⓒ SEIICHI LEE / IKEDA SHOTEN
PUBLISHING Co., Ltd. 2004
Originally published in Japan in 2004 by
IKEDA SHOTEN PUBLISHING Co., Ltd.
Chinese translation rights arranged through
TOHAN CORPORATION, TOKYO.

## 莎郎嘿喲！韓語　　　定價220元

2011年8月11日初版第9刷

監　　修：李清一

著　　者：株式会社池田書店

插　　畫：山本峰規子

譯　　者：張亞薇‧袁君琁

封面設計：智聯視覺構成工作室

總 編 輯：賴巧凌

發 行 所：笛藤出版圖書有限公司

地　　址：台北市民生東路二段147巷5弄13號

電　　話：(02) 2503-7628‧2505-7457

傳　　真：(02) 2502-2090

郵撥帳戶：笛藤出版圖書有限公司

郵撥帳號：0576089-8

總 經 銷：聯合發行股份有限公司

地　　址：新北市新店區寶橋路235巷6弄6號2樓

電　　話：(02) 2917-8022

製 版 廠：造極彩色印刷製版股份有限公司

地　　址：新北市中和區中山路2段340巷36號

電　　話：(02) 2240-0333‧2248-3904

ISBN-13：978-957-710-468-7　ISBN-10：957-710-468-1